Das Andere
56

Yasmina Reza
Babilônia

Tradução de Debora Fleck
Editora Âyiné

Yasmina Reza
Babilônia
Título original
Babylone
Tradução
Debora Fleck
Preparação
Giovani T. Kurz
Revisão
Andrea Stahel
Pedro Fonseca
Projeto gráfico
CCRZ
Imagem da capa
Julia Geiser

Primeira edição, 2025
© Editora Âyiné
Praça Carlos Chagas
Belo Horizonte
30170-140
ayine.com.br
info@ayine.com.br

Isbn 978-65-5998-174-8

Direção editorial
Pedro Fonseca
Direção de arte
Daniella Domingues
Produção executiva
Gabriela Forjaz
Editora convidada
Alice Ongaro Sartori
Redação
Andrea Stahel
Comunicação
Maria Navarro
Tommaso Monini
Comercial
Renan Vieira
Atendimento
Lorraine Bridiene
Site
Sarah Matos
Conselho editorial
Lucas Mendes

Babilônia

Para Didier Martiny

O mundo não é organizado, é uma zona.
Não procuro colocá-lo em ordem.
Garry Winogrand

Ele está na rua, encostado num muro. De pé, com terno e gravata. Tem orelhas de abano, um olhar assustado, cabelo branco e curto. É magro, de ombros estreitos. Deixa bem à mostra a revista que está segurando, na qual se lê a palavra *Awake*. A legenda diz: Jehova's Witness [testemunha de Jeová] — Los Angeles. A foto é de 1955. Parecia um rapazote. Já morreu faz tempo. Vestia-se na maior beca para distribuir seus folhetos religiosos. Estava sozinho, tomado por uma perseverança triste e ranzinza. A seus pés, deduz-se que há uma pasta (vemos a alça), com dezenas de folhetos que ninguém ou quase ninguém aceitará das mãos dele. Esses folhetos impressos numa quantidade exagerada também lembram a morte. Esses ímpetos de otimismo — copos demais, cadeiras demais... — que nos fazem multiplicar as coisas para logo torná-las inúteis. As coisas e nossos esforços. O muro em que ele está encostado é gigantesco. Dá para imaginá-lo só de ver sua opacidade robusta, o tamanho da pedra recortada previamente. Ainda deve estar fincado lá, em Los Angeles. O resto já se decompôs em algum lugar: o homenzinho de terno folgado, com suas orelhas de abano, que se recostou ali para distribuir uma revista religiosa, sua camisa branca e sua gravata escura, sua calça puída nos joelhos, sua pasta, seus exemplares. Que importância tem o que somos, o que pensamos, o que será de nós? Ocupamos algum lugar da paisagem até o dia em que não ocupamos mais. Ontem estava chovendo. Abri de novo o *The Americans* [*Os americanos*], do Robert Frank. Estava perdido na minha biblioteca, espremido numa das prateleiras. Voltei a abrir o livro que eu tinha ficado quarenta anos sem abrir. Eu me lembrava do sujeito parado na rua, vendendo uma revista. A foto está mais granulada, mais desbotada do que eu imaginava. Queria rever o *The Americans*, o livro mais triste do mundo. Os mortos, as bombas de gasolina, gente solitária com seus chapéus de caubói. Ao virar as páginas, vemos desfilarem *jukeboxes*, TVs, objetos da então recente prosperidade. Essas novidades grandalhonas, pesadas demais, luminosas demais, se mostram tão solitárias quanto o homem, inseridas em espaços despreparados. Um belo dia, vai tudo para o lixo. Ainda dão uma voltinha, sacolejando até o ferro-velho. Ocupamos algum lugar da paisagem até o dia em que não ocupamos mais. Lembrei do Scopitone do porto de Dieppe. Pegávamos o 2CV, às três da manhã, para ir ver o mar. Eu devia ter no máximo dezessete anos e estava apaixonada por Joseph Denner. Íamos sete dentro do carro, e a traseira roçava o chão da rua. Eu era a única mulher. Denner dirigia. Enquanto metíamos o pé para Dieppe, íamos tomando Valstar vermelha. Chegávamos ao porto às seis, entrávamos no primeiro bar e pedíamos Picon com cerveja. Tinha um Scopitone. Morríamos de rir vendo os cantores. Um dia, Denner botou *Le Boucher*, do Fernand Raynaud, e ficamos chorando de rir por causa do esquete e do Picon. Depois voltávamos para casa. Éramos jovens. Não sabíamos que era irreversível. Hoje estou com 62 anos. Não posso dizer que eu soube ser feliz ao longo da vida, não me daria nota sete na hora da morte, como o colega de Pierre que tinha falado bom, digamos que seja sete, eu diria que estou mais para nota seis, porque menos que isso me daria a impressão de estar sendo ingrata ou de magoar alguém, eu diria nota seis, trapaceando um pouco. Que diferença vai fazer quando eu estiver debaixo da terra? Ninguém vai estar nem aí se eu soube ou não ser feliz ao longo da vida, e eu mesma não vou estar nem aí.

No dia do meu aniversário de sessenta anos, Jean-Lino Manoscrivi me convidou para ver as corridas de cavalo em Auteuil. A gente se cruzava na escada, nós dois só subíamos por ali, eu para manter uma silhueta aceitável, e ele porque tinha fobia de lugares fechados. Era magro, de estatura mediana, o rosto todo esburacado, a testa alta e a típica mecha de cabelo dos carecas, penteada de lado. Usava óculos de armação grossa, o que o envelhecia. Ele morava no quinto andar, e eu no quarto. Criamos certa cumplicidade a partir daqueles encontros na escada que ninguém utilizava. Em alguns prédios modernos, a escada é feia e fica num espaço independente, servindo apenas ao pessoal que trabalha com mudança. Os moradores, aliás, costumam chamar de escada de serviço. Antes a gente mal se conhecia, eu só sabia que ele trabalhava no ramo de eletrodomésticos. E ele sabia que eu trabalhava no Instituto Pasteur. O nome do meu cargo, engenheira de patentes, não diz nada a ninguém, e eu já nem tento ficar explicando de um jeito que desperte interesse. Uma vez, Pierre e eu fomos beber na casa deles, um programa de casal. Sua esposa tinha virado uma espécie de terapeuta new age depois de ter gerenciado uma sapataria. Estavam casados havia pouco tempo, quer dizer, em comparação a nós dois. Ao cruzar com Jean-Lino na escada, na véspera do meu aniversário, eu tinha dito, amanhã faço sessenta anos. Eu estava ali me arrastando, e a frase me veio de repente. Você ainda não tem sessenta, tem, Jean-Lino? Ele respondeu, estou quase lá. Percebi que ele queria dizer alguma coisa simpática, mas estava sem coragem. Quando chegamos ao meu andar, acrescentei, vou ficando por aqui, agora é com você. Ele perguntou se eu já tinha ido a uma corrida de cavalo. Respondi que não. Gaguejando, ele propôs, se eu estivesse livre, que fosse encontrá-lo no dia seguinte em Auteuil, na hora do almoço. Quando cheguei ao hipódromo, ele estava no restaurante, colado aos janelões com vista para o paddock. Na mesa, uma garrafa de champanhe dentro de um balde, jornais de turfe espalhados, cheios de anotações, e amendoim misturado a bilhetes antigos. Ele me esperava com pinta de homem descontraído, anfitrião que recebe em seu clube, num contraste absoluto com o que eu sabia a seu respeito. Comemos um troço gorduroso, escolhido por ele. Ele se exaltava a cada páreo, levantava, gritava, de garfo em riste, liquidando lascas oscilantes de alho-poró. De cinco em cinco minutos saía para fumar metade de um cigarro e voltava com novas ideias. Eu nunca tinha visto esse seu lado enérgico e, muito menos, feliz. Apostávamos quantias insignificantes em cavalos de potencial duvidoso. Ele conseguia *sentir*, tinha suas convicções íntimas. Ganhou alguma coisa, talvez o equivalente ao valor do champanhe (bebemos a garrafa toda, ele mais do que eu). Já eu embolsei três euros. Pensei, três euros no dia dos meus sessenta anos, maravilha. Entendi que Jean-Lino Manoscrivi era um homem solitário. Uma espécie de Robert Frank contemporâneo. Com sua Bic e seu jornal, e, para coroar, seu chapéu. Tinha criado um ritual próprio, tinha separado no tempo um espaço que era só seu. Nas corridas, se fortalecia, até sua voz mudava.

Lembrei o dia em que meu pai fez sessenta anos. Fomos comer chucrute na République. Era uma idade de pai e mãe.

Uma idade descomunal e abstrata. Agora é você que tem essa idade. Como é que pode? Uma garota pinta e borda, anda para cima e para baixo de salto alto e maquiagem borrada e do dia para a noite aparece com sessenta anos. Eu saía para fotografar com Joseph Denner. Ele amava fotografia, e eu amava tudo que ele amava. Eu matava as aulas de biologia. Naquela época a gente não tinha medo do futuro. Um tio tinha me dado uma Konika usada, com cara de profissional, ainda mais porque eu arrumei uma correia da Nikon. Denner tinha uma Olympus que não era reflex, então a gente acoplava um telêmetro para ajustar o foco. A brincadeira consistia em pegar o mesmo tema, o mesmo momento, o mesmo lugar, e cada um fazer sua imagem. Fotografávamos a rua, como os grandes fotógrafos que a gente admirava, as pessoas e os bichos que passeavam pelo Jardin des Plantes ao lado da faculdade, mas principalmente o interior dos bares que Denner adorava nos arredores da ponte Cardinet. Os caras ali largados, os pinguços mumificados nos fundos dos bares. Revelávamos as folhas de contato na casa de um amigo. Comparávamos e escolhíamos a melhor para ampliar. Qual era a melhor? A que tinha o melhor enquadramento? A que revelava uma interação ínfima e insondável? Quem sabe responder? Penso bastante em Joseph Denner. Às vezes imagino o que ele teria se tornado. Mas o que poderia ser de um cara que morre de cirrose hepática aos 36 anos? Depois de tudo que aconteceu, ele de certa forma voltou a povoar meus pensamentos. Teria dado boas risadas dessa história toda. O *The Americans* me trouxe imagens da juventude. A gente sonhava e não fazia nada. Ficávamos vendo as pessoas passarem, descrevíamos a vida de cada uma e com que objeto se pareciam, um martelo, um curativo... Vivíamos rindo. Por trás do riso, sentíamos um tédio meio amargo. Eu adoraria rever essas fotos que tiramos ali pela ponte Cardinet. Capaz de terem ido para a lata de lixo, junto com papel velho. Depois do aniversário em Auteuil, fui tomada de afeição por Jean-Lino Manoscrivi. Quando surgia uma oportunidade, saíamos do prédio para dar uma volta na rua e tomávamos um café na esquina. Na rua ele podia fumar, mas dentro de casa, não. Me parecia o mais doce dos homens, e ainda é assim que o vejo. Nunca fomos íntimos e sempre nos tratávamos com certa formalidade. Mas conversávamos, e às vezes falávamos coisas que não dizíamos para mais ninguém. Especialmente ele. Mas também calhava de acontecer comigo. Descobrimos que ambos sentíamos a mesma aversão por nossa infância, o mesmo desejo de apagá-la com uma canetada. Um dia, relembrando seu percurso de vida, ele me disse, seja como for, o pior já passou. Eu concordava. Por parte de pai, Jean-Lino era neto de imigrantes judeus italianos. O pai dele tinha começado a vida como faz-tudo num ateliê de passamanaria. Depois, se especializou em fitas, até abrir um armarinho nos anos sessenta. Uma portinha na avenida Parmentier. Sua mãe cuidava do caixa. Eles moravam nos fundos de um pátio, a dois passos da loja. Os pais trabalhavam duro e não eram carinhosos. Jean-Lino não se estendia muito sobre o assunto. Tinha um irmão bem mais velho, que conquistara algum sucesso no ramo da confecção. Já ele vivia à deriva. Acabou sendo expulso de casa pela mãe. Foi trabalhar com cozinha, depois de fazer um curso técnico de confeitaria. Na fase mais otimista de sua vida, se lançou no ramo dos restaurantes. Era difícil, nada de férias, grana curta. Por fim, a agência de empregos do governo lhe financiou uma formação no setor de comércio varejista, e uma associação o empregou no Guli, onde ele cuidava do pós-venda de eletrodomésticos. Não teve filhos. Era a única crítica que ousava fazer às forças que haviam governado sua existência. Sua primeira mulher o deixara depois do fracasso com o restaurante. Quando conheceu Lydie, ela já era avó, graças a uma filha do casamento anterior. Fazia dois anos que o menino ia regularmente à casa deles. Como a separação dos pais havia sido turbulenta, envolvendo inclusive o serviço social, o menino era depositado na casa da vovó na primeira oportunidade. Movido por uma ternura que nunca conseguira se manifestar (a não ser com seu gato), Jean-Lino tinha acolhido Rémi de braços abertos e tentava conquistá-lo. Faz sentido essa busca por sermos amados? Não é uma tentativa sempre catastrófica?

No início foi um caos. A criança, que antes morava no sul, tinha cinco anos quando começou a ir para a casa deles. Fazia questão de ignorar Jean-Lino e chorava assim que Lydie sumia de vista. Era um garotinho comum, meio gorducho, que tinha um lindo sorriso com covinhas. As dificuldades de domesticação agravaram-se por causa de Eduardo, o gato de Jean-Lino, um animal antipático recolhido numa rua de Vicenza que só aceitava que se comunicassem com ele em italiano. Lydie tinha conseguido conquistar Eduardo. Ela segurava um pêndulo na frente dele, e o bicho ficava acompanhando hipnotizado os movimentos do quartzo rosa (a pedra havia se *apresentado* a ela numa viagem ao Brasil). Por outro lado, Eduardo não ia com a cara de Rémi. Ele dobrava de tamanho quando o menino aparecia, e arfava de um jeito preocupante. Jean-Lino tentava argumentar com o gato, só que ninguém movia uma palha para ajudá-lo. Lydie resolveu a questão deixando o gato trancado no banheiro. Rémi ia lá aporrinhá-lo, imitando seu miado por trás da porta. Jean-Lino tentava impedi-lo, mas lhe faltava autoridade. Quando o caminho estava livre, ele ia discretamente acalmar o bicho pelo vão da porta, sussurrando umas palavrinhas em italiano. Rémi se recusava a chamar Jean-Lino de *vovô Jean-Lino*. Ou melhor, não é que se recusava: simplesmente nunca o chamava de vovô Jean-Lino, apesar dos constantes *Vovô Jean-Lino vai te contar uma historinha* ou *se você comer todo o peixe, vovô Jean-Lino vai comprar sei lá o quê*. Vovô Jean-Lino era desprezado por Rémi, que não dava a mínima para ele. Quando precisava nomeá-lo, chamava-o de Jean-Lino, e este por sua vez se sentia ridiculamente atacado por esse nome sozinho, pronunciado sem a menor nuance de intimidade. Depois, mudando de estratégia, ele botou na cabeça que precisava seduzir o garoto pela via do riso. Ensinava Rémi a dizer umas bobajadas do tipo *kiwiguei, caquiguei*, até chegar a *jacaguei*. Rémi adorava. Logo se livrou das primeiras etapas e ficava repetindo sem parar *jacaguei*, com uma voz engraçada ou então cantarolando, e às vezes lançava a frase direto para Jean-Lino, de preferência fora de casa e aos berros. Eu mesma já testemunhei a cena no saguão do prédio. Fingindo rir, Jean-Lino explicou, se a gente fica toda hora repetindo a mesma piada, ela acaba perdendo a graça, entende. Não sabia mais o que fazer para estancar o processo. Quanto mais tentava argumentar, mais o menino repetia a frase. Em vez de dizer é fácil ou não é fácil, ele dizia é *teta* ou não é *teta* (outra coisa que aprendeu com Jean-Lino?), e assim era capaz de responder, *que teta, jacaguei!* Lydie não cooperava, adepta que era da teoria de que a gente colhe o que plantou. Quando percebia em Jean-Lino algum desânimo, se limitava a dizer, deixa ele em paz, esquece o menino. A última palavra pronunciada com um tom desolado. Não se deve repreender uma vítima da inconsequência de um adulto. Observando à distância, imagino que ela tenha sentido o perigo desse apego unilateral. Preciso falar um pouco sobre o saguão do prédio. É um espaço comprido, retangular, que recebe a claridade do dia pelos vãos envidraçados da porta. O elevador fica bem no centro, de frente para a entrada, e o acesso à escada é por uma porta lateral, num recuo à esquerda. No final do corredor à direita fica o lugar das lixeiras. Sempre que estavam os três, Lydie pegava o elevador com o neto, enquanto Jean-Lino subia de escada. Quando Jean-Lino estava sozinho com o menino, este só queria saber de subir de elevador. Para conseguir levá-lo até a escada, era preciso arrastá-lo e aturar os berros. Jean-Lino não conseguia ir de elevador. Ao longo da vida, foi ficando impossível para ele entrar em avião, elevador, metrô ou naqueles trens novos em que as janelas não abrem. Teve um dia em que o menino chegou a se agarrar feito um macaco na porta da escada, para não ir por lá, e Jean-Lino terminou sentado nos primeiros degraus, com lágrimas nos olhos. Rémi se pôs ao lado dele e perguntou, por que você não quer ir de elevador?

— Porque eu tenho medo — respondeu Jean-Lino.
— Eu não tenho medo, posso ir.
— Mas você é muito pequeno para ir sozinho.

Passado um tempo, Rémi começou a subir a escada, trepando no corrimão. Jean-Lino foi logo atrás.

Se eu tivesse que escolher uma única imagem, entre todas que persistem em minha cabeça, seria a de Jean-Lino sentado com os braços apoiados na cadeira de palha, praticamente no breu, em meio a um amontoado de cadeiras que não tinham mais propósito algum. Jean-Lino Manoscrivi paralisado naquela cadeira desconfortável, na sala onde ainda estavam, alinhados sobre o baú, os copos que comprei freneticamente para a ocasião, os pratinhos de salada e chips light, todos os vestígios da festa organizada num momento de otimismo. Quem consegue determinar o ponto de partida das coisas? Quem sabe quais circunstâncias obscuras, e talvez remotas, podem ter guiado a questão? Jean-Lino tinha conhecido Lydie Gumbiner num bar onde ela cantava. Dito assim, imaginamos uma mulher toda rebolativa, emitindo uma voz sensual no microfone. Na verdade, ela era bem magra, sem muito peito, vestida feito cigana e toda coberta de berloques, e tinha visivelmente investido no cabelo de cachos acobreados, volumoso, amansado com presilhas (usava também uma tornozeleira cheia de penduricalhos...). Fazia aulas de jazz com um professor de canto e se apresentava em alguns bares de vez em quando (chegamos a assisti-la uma vez). Ela havia cantado *Syracuse* olhando para Jean-Lino, que estava sentado lá naquela noite por mero acaso, à beira do palco, e acabou murmurando *Antes que minha juventude se esgote e que se esvaiam minhas primaveras...* Jean-Lino era fã de Henri Salvador. Eles gostaram um do outro. Ele adorou a voz dela. Adorou sua saia longa e vaporosa, o gosto pelo colorido. Achava interessante que uma mulher daquela idade não estivesse nem aí para as convenções urbanas. Era, por sinal, uma mulher inclassificável sob diversos aspectos, que vivia como se possuísse faculdades sobrenaturais. Por que esses dois se juntaram? Quando fui estudar no Centro de Estudos Internacionais de Propriedade Intelectual, em Estrasburgo, tinha uma amiga que era meio retraída. Um dia, ela casou com um cara feioso e caladão. Ela me disse, ele está sozinho, eu também estou sozinha. Trinta anos depois, eu a encontrei no trem, ela construía balões para parques de diversão, continuava casada com ele e tinham tido três filhos. O final não é tão feliz assim para o casal Gumbiner-Manoscrivi, mas, apesar das infinitas variações, o motivo não é sempre o mesmo? Cheguei a fotografar nossa festinha (tinha chamado de *festa da primavera*). Numa das fotos, Jean-Lino está em pé, atrás de Lydie, que está sentada no sofá com uma de suas roupas chamativas, os dois rindo, os rostos virados para a esquerda. Parecem bem. Jean-Lino está corado, com a cara feliz. Está apoiado no encosto do sofá, com o corpo meio curvado por cima dos cachos acobreados. Eu lembro exatamente o que os fez rir. A foto foi usada no processo. Ela capta o que qualquer foto capta, um instante congelado que jamais se repetirá e que talvez nem tenha acontecido dessa forma. Mas, considerando que não vai mais haver imagens posteriores de Lydie Gumbiner, a foto parece esconder um conteúdo secreto e estar envolta numa aura venenosa. Recentemente, vi numa revista uma foto de Joseph Mengele nos anos setenta, na Argentina. Ele está sentado ao ar livre, de camiseta, diante das sobras de um piquenique, em meio a um bando de rapazes e moças muito mais novos. Uma das moças está agarrada no braço dele. Rindo. O médico nazista também está rindo. Estão todos alegres e relaxados, aproveitando o sol e a leveza da vida. A foto não despertaria o menor interesse, não fossem a data e o nome do personagem central. A legenda perturba a leitura. O mesmo vale para qualquer foto?

Não sei como foi que me ocorreu a ideia da festa da primavera. Nunca tínhamos feito esse tipo de coisa lá em casa, nada de jantares, festas, muito menos da primavera. Quando recebemos amigos, nunca passamos de seis pessoas em volta da mesa. A princípio, eu queria fazer alguma coisa com minhas amigas do Pasteur, às quais somaríamos alguns colegas de Pierre, e, depois que fui lembrando os nomes, comecei a imaginar as interações mais ou menos frutíferas, e logo surgiu a questão das cadeiras. Pierre me disse, pega algumas com os Manoscrivi.

— Sem convidar os dois?

— Não, convida eles. Ela pode cantar, inclusive!

Pierre não via muita graça no casal Manoscrivi, mas de todo modo achava Lydie mais divertida que Jean-Lino. Enviei uns quarenta convites. Me arrependi na mesma hora. Na noite seguinte, não preguei o olho. Como essa gente toda ia se sentar? Tínhamos sete cadeiras, contando com a de palha. Os Manoscrivi deviam ter mais ou menos a mesma quantidade. A cadeira de palha era muito trambolhuda, mas como deixá-la de fora? Além das cadeiras, tinha o pufe e o sofá, que na melhor das hipóteses comportavam sete pessoas. Três vezes sete, vinte e um. Dava para usar também o banquinho da adega, então eram vinte e dois lugares (eu tinha pensado, ainda, no baú, mas ele serviria de mesa, como complemento à mesa de centro). Precisávamos de mais dez cadeiras, só que dobráveis. Tinham que ser dobráveis, tinham que poder ser dobradas caso necessário, em vez de ficarem ali plantadas, como se à espera de espectadores, mas onde encontraríamos cadeiras dobráveis? O tamanho do apartamento não comportava trinta cadeiras dessas abertas, sem contar a monotonia glacial desse tipo de cadeira. E por que precisaríamos de tantas? Nesse tipo de festa, que é um jantar informal — sim, informal! —, nem todo mundo senta, as pessoas ficam conversando em pé, circulam, vale contar com um certo vaivém, uma liberdade nessa coisa de sentar, não sentar, as pessoas se acomodam nos braços das cadeiras ou até sentam no chão, relaxadas, encostam na parede, mas é claro...! Quanto aos copos... Levantei de madrugada para contar quantos copos a gente tinha. Trinta e cinco, de estilos variados. Mais seis taças de champanhe num outro armário. Assim que acordei, disse a Pierre, não temos copo. Vamos ter que comprar umas vinte taças de champanhe e de vinho. Pierre disse que existiam umas taças de plástico. Falei, ah, não, isso não, já estou bem chateada com os pratos descartáveis, as taças têm que ser de vidro. Pierre disse, é uma idiotice comprar copos que a gente nunca mais vai usar. Não vamos tomar champanhe em taça de plástico como se fosse uma festa de despedida! Pierre falou de umas taças bem firmes, imitando vidro, muito dignas. Fui ver na internet e encomendei três conjuntos de dez taças de champanhe Élégance e três caixas com cinquenta facas, garfos e colheres descartáveis, de plástico metalizado, com cara de inox. Fiquei tranquila até o sábado da festa, à tarde, quando tive uma nova crise envolvendo os copos. Tínhamos taças de champanhe, mas não de vinho. Depois de perambular um pouco pelas ruas de Deuil-l'Alouette, voltei com trinta taças de vinho, de vidro, e um conjunto de seis taças de champanhe também de vidro. Tirei do armário uma toalha de mesa que nunca tínhamos usado, coloquei-a sobre o baú e organizei todas as taças, os copos, de todos os tipos, até quatro copinhos de vodca caso alguém quisesse beber vodca. Eram mais de cem copos, contando os da cozinha. Lydie tocou a campainha por volta das seis. Já estava meio emperiquitada, trazendo uma cadeira em cada braço. Subimos para pegar as outras. Tinha uma poltrona de veludo amarelo no quarto. Eu nunca tinha visto o quarto deles. O mesmo cômodo que o nosso, só que dez vezes mais colorido, dez vezes mais bagunçado, com ícones na parede, um pôster da Nina Simone seminua, com vestido branco de tramas, e a cama numa posição diferente. No meio das almofadas, estava Eduardo, desconfiado e todo lânguido. Mas o que é que você está fazendo aí?, gritou Lydie. Ela bateu palmas, e o gato deu o fora. Então falou, eu não deixo ele ficar no quarto. Tive a impressão de ver um penico com uma tampa de madeira. Bastou uma rápida olhadela para entender que Jean-Lino nunca tinha dado pitaco na decoração ali do quarto, não que fosse possível detectar seu toque pessoal em outro canto, mas o resto do apartamento dava mais a sensação das concessões eventuais da vida em casal. A janela estava entreaberta, e havia uma cortina sedosa de estilo inglês cheia de detalhes, ligeiramente esvoaçante, e ao longe, acima dos prédios, via-se uma nesga da torre Eiffel, que não dava para ver do nosso apartamento. Achei o quarto deles mais alegre, mais jovem que o nosso. Enquanto carregava a poltrona pesadíssima, tive inveja daquele quarto. Ao longo da vida, já me senti muitas vezes oprimida por certos quartos. O quarto da infância. Quartos de hospital. Quartos de hotel com vista feia. É a janela que faz o quarto. O espaço que ela recorta, a luz que deixa entrar. As cortinas também. Aquele véu! Já passei por hospitais em três ocasiões, contando com a vez do parto. Em todas elas, me senti oprimida pelo quarto, com seus janelões levemente opacos, deixando ver um trecho simétrico de algum prédio, uns ramos de árvore ou um céu desmedido. Quartos de hospital sempre me tiraram as esperanças. Mesmo quando havia um bebê ao lado, em seu bercinho transparente.

Uma das fotos mais conhecidas de Robert Frank é da vista de Butte, uma cidade mineradora de Montana, tirada da janela de um quarto de hotel. Telhados, armazéns. E fumaça ao longe. Metade da paisagem está meio encoberta em ambos os lados por cortinas de tule. Meu quarto de infância, que eu dividia com minha irmã Jeanne, dava em parte para o muro de um ginásio. O reboco se desfazia em partes inteiras. Se me debruçasse à esquerda, via uma rua sem pedestres com um ponto de ônibus. Morávamos em Puteaux, num predinho de tijolos que já foi demolido (passei por lá e não reconheço mais nada). Tínhamos essa mesma cortina de tule, o mesmo tecido, o mesmo friso vertical grosso, meio amarfanhado. Nos dava a mesma imagem melancólica do mundo. O parapeito da janela também era igual. Um parapeito de pedra encardida, bem estreito, onde não cabia nada. O quarto de hotel de Butte tem vista para casebres miseráveis e uma rua vazia. O de Puteaux dava para um muro de fundos, sem entrada. Nunca teriam usado um tecido desses diante de uma vista estonteante. Falei para Lydie, estou com medo dessa poltrona ser pesada demais.

— Claro, claro, qualquer coisa pegamos mais tarde.

Ela me levou até a sala. Tinha criado uma minifloresta na varanda, essa espécie de sacada dos prédios modernos que ninguém usa muito. Havia uma grande dormideira que espalhava seus ramos e que dava para ver lá de baixo. Os arbustos nos vasos estavam cheios de brotos. De vez em quando, a água que ela usava para regar as plantas respingava na nossa varanda. Falei, sua varanda é maravilhosa. Ela me mostrou as tulipas que estavam nascendo e os crocos que tinham brotado naquela manhã. Precisa de mais alguma coisa? Prato, copo?

— Acho que já tenho uma quantidade boa.

— Enquanto você está aqui, se incomoda de assinar uma petição contra a trituração dos pintinhos?

— Estão triturando os pintinhos?

— Os machos. Como não podem virar galinha, são estraçalhados vivos numas trituradoras.

— Que horror! — respondi, colocando meu nome e minha assinatura numa lista.

— E guardanapo? Tenho uns guardanapos daquele tipo de linho que não precisa passar, já é amassadinho.
— Não preciso de mais nada.
— Jean-Lino desceu para comprar champanhe. E para fumar o Chesterfield dele.
— Não precisava.
— Imagina!

Ela estava muito mais animada que eu. Meus ataques de ansiedade tinham me deixado exausta, e, conforme a noite ia se aproximando, eu a enxergava como uma punição. A alegria de Lydie me deixou envergonhada. Achei-a afetuosa e simpática. Ela não esperava aquele convite por parte de vizinhos que lhe pareciam condescendentes. Descemos com mais três cadeiras. Lá embaixo, falei, perfeito, muito obrigada, Lydie! Agora vamos nos arrumar! Ela apertou minha mão em sinal de cumplicidade.

— Qualquer dia desses, vou precisar reinicializar você.
— Como assim?
— Faço uma avaliação com o meu pêndulo. Elimino tudo que estiver obstruído, dou uma purificada nos órgãos. Para restabelecer a fluidez.
— Mas isso vai levar anos!

Ela riu e desapareceu pela escada, agitando sua cabeleira alaranjada.

Ainda sobre cortinas: minha amiga do início da adolescência (antes da fase com Denner) se chamava Joelle. Era bonita e engraçada. A gente não se desgrudava, dia e noite. A família dela conseguia ser mais maluca que a minha. Em meio a um monte de bobagens, a gente pintava quadros a óleo — ainda tenho alguns deles, exagerados nas tintas —, escrevia letras de música, histórias, só andávamos com botas Pataugas e casacos masculinos, era a época beatnik. Eu nunca fui além do haxixe e de um pouco de álcool, só que Joelle caiu no ácido e em outros troços pesados, então nossa amizade começou a desandar. Teve um ano em que ela precisou voltar da Ásia num avião-ambulância, porque tinha ingerido um cogumelo alucinógeno que fizera estrago em seu cérebro. Tinha acabado de fazer dezoito anos. Vinte anos depois, ela me ligou. Havia me achado através da minha irmã, pelo Facebook. Fui encontrá-la em Aubervilliers, num apartamento que dava para um pátio. Joelle tinha acabado de voltar das Antilhas trazendo o filho que tivera com um martiniquense que desaparecera sem deixar rastro. Era formada em enfermagem, e estava procurando trabalho. Ela e o filho moravam numa quitinete. Um apartamento escuro, que ficava mais escuro ainda com aquelas cortinas desbotadas. Embora ainda fosse dia, Joelle acendeu a luz. Ficamos conversando sob aquela mescla de luz do dia e luz elétrica que evoca a atmosfera opressiva dos domingos. Na nossa casa, domingo era o único dia em que relaxávamos com a coisa de economizar energia; de modo geral, precisávamos apagar a luz dos quartos antes mesmo de sair deles. Jeanne e eu tínhamos nos habituado a viver no escuro, e eu preferia de longe uma escuridão que não fosse triste a essa combinação lúgubre. Joelle preparou um chá para mim, e fiquei observando-a ali sentada com seu filhinho medroso contra um fundo amarelado. Pensei, não dou conta disso. Saí de lá no fim da tarde, abandonando-a pela segunda vez na vida.

Faltando uma hora para a festa, tudo estava mais ou menos sob controle, os pratinhos de aperitivo já montados, as tortilhas prontas para ir ao forno. Pierre cuidaria da salada. Quanto à roupa, eu tinha separado duas opções havia alguns dias, sabendo que no fim das contas acabaria optando pelo vestido preto, que era a escolha menos arriscada. Tomei um Xanax e fui me arrumar, aproveitando para testar um novo tratamento anti-idade indicado pela Gwyneth Paltrow. Racionalmente, não gosto do termo anti-idade, acho culpabilizante e bobo, mas outra parte do meu cérebro abraça o jargão terapêutico. Há pouco tempo, comprei pela internet o creme preferido da Cate Blanchett, sob o argumento de que todas as australianas estilosas levavam um desse na bolsa. Devo estar com algum parafuso a menos. No rádio, estavam falando do cansaço psíquico dos franceses. Apesar da imprecisão do conceito, fiquei feliz em saber que os franceses estavam na mesma que eu. Os franceses tinham perdido definitivamente a sensação de segurança. A mesma lenga-lenga de sempre. Quem pode dizer que se sente seguro? Está tudo tão incerto. É a condição básica da existência. No rádio, além disso, se alarmavam com o enfraquecimento dos vínculos sociais. O neoliberalismo e a globalização, essas duas desgraças, impediam a criação de vínculo. Pensei comigo mesma, hoje à noite você vai criar uns vínculos no seu apartamento de Deuil-l'Alouette. Vai acender umas velas, arrumar as almofadas para os convidados, já deixou as tortilhas de cebola na geladeira e vai aplicar seu creme com movimentos circulares ascendentes, como indicado. Assim você dá um toque de juventude à existência. As mulheres precisam estar felizes. Diferente dos homens, que têm direito à melancolia. A partir de uma certa idade, as mulheres estão condenadas ao bom humor. Ficar de cara feia aos vinte anos é sexy, mas aos sessenta é um pé no saco. Ninguém falava em criar *vínculo* quando eu era nova, não sei de quando é essa ideia. Nem o que significa; o vínculo reduzido a sua forma abstrata não tem nenhuma virtude em si mesmo. É mais uma dessas expressões vazias.

Minha mãe morreu há dez dias. Eu não a visitava muito, e sua morte não muda grande coisa na minha vida, a não ser o fato de que em algum canto do planeta existia a *minha mãe*. Ontem recebi a enfermeira que cuidou dela nos últimos tempos e a quem eu devia dinheiro. Uma mulher enorme que sempre me assustava e que fala de um jeito ofegante. Tinha ouvido falar da tragédia que aconteceu no prédio e se mostrou ávida em saber dos detalhes. Decepcionada com minha discrição, e continuando a comer uns biscoitos St-Michel, engatou a história de uma padeira de Vitrolles que tinha matado os filhos na véspera do Natal. À noite, a padeira havia embrulhado os presentes, colocado tudo ao pé da árvore e depois tinha ido ao quarto do filho e enfiado o travesseiro na cara dele, até sufocá-lo. Em seguida, foi ao quarto da filha e fez exatamente a mesma coisa. A enfermeira disse, ela embrulhou os presentes, botou tudo ao pé da árvore e subiu imediatamente até o andar de cima para matar as crianças. E continuou, o problema é que contam tudo isso e depois fica um silêncio mortal. A gente escuta a história em tudo que é canal de televisão e aí, um tempo depois, nada, zero. Te atraem com uma isca e depois batem a porta na sua cara. As guerras, os massacres, tudo isso é muito global, disse ela comendo mais um biscoito, essas coisas muito globais não me dizem muita coisa. Não me fazem sair de mim. Já os dramas da vida cotidiana, esses sim. Preenchem o dia. As pessoas ficam comentando. Esquecem seus problemas. Não estou dizendo que servem de consolo, mas em certo sentido até que sim. Por que você acha que ela colocou os presentes debaixo da árvore? Eu me dava muito bem com a sua mãe, um doce de pessoa!

— Sim, sim.
— Um doce de pessoa. Com todo mundo.

— Preciso me despedir, sra. Anicé, tenho que terminar um trabalho...

Ela ajustou a camiseta na cintura, e a estampa me lembrou a fórmica dos anos sessenta. Depois se levantou devagar.

— Eu tenho uma teoria sobre os presentes de Natal...

Quanto ao aspecto físico de Ginette Anicé, só dois elementos revelam uma tentativa de chamar atenção. Os brincos, duas bolas douradas, daquelas que se usam para tampar o buraco, e os cachinhos pega-rapaz na testa. O cabelo é todo curto, menos essa mecha que cai sobre a testa, dois centimetrozinhos que permitem formar os cachos com os dedos. São quase invisíveis, só uma pessoa que nem eu, atenta aos penteados, é capaz de notar. Cobrem o alto da testa, em intervalos regulares, mas não se trata de uma moldura natural e encaracolada, e sim de uma franja trabalhada em mechas separadas, com pretensões decorativas; são justamente aqueles cachinhos do tipo *pega-rapaz*.

— Minha teoria — disse Ginette — é que a coisa toda a atingiu enquanto ela cuidava dos presentes. Foi atingida pelo cansaço da vida.

— É possível...

Ela pegou seu casaco de feltro.

— Sra. Anicé, a senhora gostaria de ficar com uma capa de almofada de crochê?

— Ah, as capas que sua mãezinha fazia... É muito gentil da sua parte, mas não tenho almofadas em casa.

— Ou um paninho desses, quem sabe?

— O paninho de lembrança, pronto! E essa é a foto que ficava no quarto da sua mãezinha!

Fiquei irritada com aquele tal de *mãezinha* para cá, *mãezinha* para lá. Não aguento essas infantilizações idiotas. Ela estava falando de uma foto de Emmanuel em La

Seyne-sur-Mer. A foto ficava num porta-retratos na mesa de cabeceira de minha mãe. Uma foto de seu neto com uns doze anos, de sunga e chapéu. Ela também tinha uma antiga foto de aniversário dos filhos de Jeanne. Eu sempre quis saber o que essas imagens significavam para ela, em termos emocionais, quero dizer. Acho que ela nem as via, os porta-retratos ficavam ali ao lado da sua cama por mera convenção. Vivemos sob o reinado das convenções. Andamos nos trilhos. Antes de ir embora, Ginette Anicé me disse que tinha largado a clínica e só queria trabalhar em casa de família. Estava efetivamente desempregada. Falei que sondaria com alguns conhecidos, embora nunca fosse recomendá-la a ninguém. Fechei a porta e fiquei olhando a foto. Fiquei olhando o corpinho de Emmanuel. Seus braços magricelas. Era a criança mais atarefada da praia. Sempre com um baldinho na mão, transportando-o cheio ou vazio, indo do mar até o matagal que margeava a areia para criar sei lá que mundo em miniatura, voltando dezenas de vezes, procurando pedras, gravetos, conchas e todo tipo de bicho no meio da espuma. Quando entrava no mar, nunca era para nadar. De pé, com a água na cintura, me perguntava, mamãe, quem você quer ver morrendo? Eu falava o nome de um de seus professores da escola (essa era a brincadeira).

— O sr. Vivaret!

— O sr. Vivaret, tá bem...! Mas o que você está fazendo, Emmanuel...?! Pow! Pow! Pow!!

Ele dava uns saltos violentos sobre as ondas.

— A sra. Pellouze!

— Emmanuel, faça o favor de largar essa metralhadora...!!! Pow! Pow!!! Pow!!

— A sra. Farrugia!

Matávamos todos eles, um por um.

Hoje você é *Content Champion* em uma agência de publicidade. Quando te perguntam o que você faz, você diz chefe de projeto/consultor editorial (o cargo em inglês soa tão melhor!). A foto me restitui seu corpo de antigamente. Eu já não pensava nele. Nunca abro os álbuns que eu fazia no passado. Esses bracinhos magros, eu bem queria senti-los de novo em volta do meu pescoço. Também não estou nem aí para os assuntos globais, ela tem razão a tal da Anicé.

Um dia, sem nenhum aviso prévio, Rémi pôs os braços em volta do pescoço de Jean-Lino Manoscrivi. Foi num domingo, no Hippopotamus. Os três estavam almoçando, junto com um casal de amigos das aulas de jazz de Lydie. Rémi, entediado como qualquer criança fica à mesa, tinha ganhado permissão de ir até a varanda fazer bolhas de sabão. Jean-Lino estava de olho, mas de repente Rémi some. Jean-Lino sai para ver. Nada de Rémi. Ele desce os degraus, olha para todos os lados da avenida do Général-Leclerc. Nada. Volta para dentro, vai até o segundo andar. Ninguém. Vovó Lydie entra em pânico. Jean-Lino e ela saem. Vão para a direita, para a esquerda, giram em círculos, voltam para o Hippopotamus, perguntam para os garçons, saem de novo. Gritam o nome do menino, a paisagem urbana está vazia, aberta aos quatro ventos. Os amigos cantores permanecem à mesa, paralisados, sem tocar mais na comida. Perto deles, um casal aponta com o queixo, discretamente, para um pequeno aparador junto ao qual está um vaso com uma espécie de palmeira. A amiga de Lydie acaba entendendo os sinais, se levanta e encontra Rémi agachado, feliz da vida com sua brincadeira, escondido atrás da planta. Apavorados, os Manoscrivi voltam. Lydie se joga para abraçar o menino. Só falta felicitá-lo por ter reaparecido. Tudo volta ao normal. Jean-Lino não disse nada. Só sentou, pálido e sério. Rémi também voltou ao seu lugar. Oferecem a ele ovos nevados. Ele fica se balançando na cadeira, todo satisfeito, e depois, não se sabe por quê, levanta e vai até Jean-Lino, passa os braços em volta do pescoço dele e deita a cabeça em seu ombro. O coração de Jean-Lino se encheu absurdamente. Ele acreditava na vitória secreta do amor, como todos os apaixonados preteridos que, diante de um mínimo gesto inesperado, já se derretem todos. Os mesmos gestos, feitos por quem já foi conquistado, não valem um tostão. Eu poderia escrever sobre isso. O cara que não está nem aí para você e que, um belo dia, por distração ou perversidade, te envia um sinal inesperado, eu sei bem o que isso provoca.

Preciso ver como vai a tia de Jean-Lino. A visita de Ginette Anicé me fez pensar nela. Jean-Lino tinha trazido a irmã de seu pai para a França e encontrou para ela um lugar num asilo judaico. Eu o acompanhei até lá uma tarde. Fomos à cafeteria, um grande saguão reformado, totalmente funcional, com piso de mármore jateado, paredes lisas e pessoas em cadeiras de rodas, sentadas à mesa com suas visitas. Parecia que todos os materiais tinham sido escolhidos por causa de sua capacidade de eco e ressonância. A tia caminhava depressa com seu andador. Uma figura alegre. Pernas vigorosas. O corpo, mas principalmente a cabeça, ia fazendo movimentos contínuos incontroláveis, que não pareciam incomodá-la, mas que tornavam sua fala abafada e hesitante. Ela falava, ao mesmo tempo, três línguas, um francês castiço e semiesquecido de antigamente, italiano e ladino, um dialeto das Dolomitas. Jean-Lino nos instalou numa mesa do fundo, de frente para uma televisão presa à parede, com o som no máximo, ligada num canal de clipes. Durante a conversa (se é que podemos chamar assim), Jean-Lino ia lhe arrancando de vez em quando uns pelos do rosto. Será que a tia sabe o que aconteceu com o sobrinho? A quem ela se dirige, com sua cabeça trêmula, naquele saguão deserto? Uma coisinha à toa pode me fazer duvidar da coerência do mundo. As leis parecem independentes umas das outras e entram em choque. No refúgio do meu escritório, no Pasteur, uma mosca me tira do sério. Não suporto moscas idiotas. Escancaro a janela, e, em vez de ela fugir em direção às árvores que ladeiam nosso pavilhão, volta para dentro, ziguezagueando rumo à parede do fundo. Dois segundos antes, estava se chocando contra o vidro, batendo à direita, à esquerda, em todas as direções, mas, agora que o ar entra e que o céu lhe estende os braços, fica vagando no escuro, estupidamente. Merece que eu a deixe trancada, sem dar a mínima. Mas acontece que ela dispõe de seu detestável zumbido. Fico me perguntando, inclusive, se o zumbido não teria sido criado para protegê-las contra o encarceramento. Sem esse alarde todo, eu não teria a menor pena. Pego meu calhamaço sobre patentes, enxoto a mosca na direção da janela, bom, eu tento, porque, em vez de se render ao instrumento piedoso, ela sai do meu alcance e vai parar quase no teto. Por que preciso aturar uma perda de tempo dessas? A tia de Jean-Lino morava nas montanhas. Ainda falava de suas galinhas, as galinhas entravam na casa e se espalhavam em todos os cantos. Ela queria voltar ao seu vilarejo para rever a migração periódica das vacas, queria ouvir de novo a algazarra dos sinos. Vou ligar para o asilo.

Quando o advogado perguntou quem era Jean-Lino para mim, respondi um amigo. Ele agiu como se não entendesse a palavra. Queria saber como eu a interpretava. Uma noite, nos primórdios da nossa amizade — a palavra é de uma exatidão perfeita —, eu estava voltando do trabalho meio tarde. Ele estava do lado de fora do prédio, com seu Chesterfield, e o pescoço nu em meio ao vento. Sempre que me via, abria o mesmo sorriso de dentes amarelos, completamente acavalados, mas de certa forma reluzentes. Estava todo apertado numa jaqueta de couro sintético, de estilo juvenil, que eu não conhecia. Falei, é nova? Cadê a Harley Davidson?

— É da Zara. Liquidação.

— Ótimo.

— Você gostou? Não está me esmagando?

Dei um abracinho nele, aos risos, e disse, te adoro, só você para comprar isso! Ele também riu. Falou que a vendedora tinha elogiado. Morria de calor naqueles provadores, não conseguia aguentar mais de dez segundos. Eu disse que poucas vezes tinha visto uma roupa que caía tão mal em seu dono.

— Ah, jura? Que merda!

Caímos na gargalhada ali debaixo do poste de luz, e ele tossia de botar os bofes para fora. Enxugava os olhos por trás dos óculos de armação grossa. Seu rosto todo esburacado brilhava um pouco, nunca me atrevi a perguntar de onde vinham aquelas marcas. Entrei no prédio primeiro. Ele ainda queria pegar um pouco de ar, ou seja, fumar um último cigarro. Ao me virar, na entrada, eu o vi através do vidro, caminhando um pouco no estacionamento, o corpo curvado em sua jaqueta nova, usando uma das mãos para jogar para o lado sua mecha de cabelo, e o rosto alegre já completamente desfeito, como devia estar logo antes de eu aparecer. Pensei, taí em que pé estamos. Você também está envelhecendo, que nem todos os seus conhecidos, e senti que fazia parte dessa massa em movimento, de mãos dadas, envelhecendo e rumando para o desconhecido.

O que importa, quando olhamos uma foto, é o fotógrafo que está por trás. Não tanto a pessoa que apertou o botão, mas a que escolheu a foto, que disse, essa aqui eu quero, vou mostrá-la. Para olhares apressados, a foto da testemunha de Jeová não tem nada de especial. O tema, a luz. Um sujeito cansado, de terno e gravata, tentando vender uma revista. O típico figurante que aparece em segundo plano numa calçada, num filme dos anos cinquenta. Entre as centenas de fotos que Robert Frank deve ter tirado durante sua travessia pelos Estados Unidos, e, entre aquelas que acabou escolhendo, tem esta. No meio da foto, uma mancha branca, a revista sendo exibida, o punho invertido mostrando seu título, *Awake*, uma palavra em total descompasso com o aspecto fúnebre do homem. Mas não se pode deduzir que a foto tenha sido escolhida por causa de sua dimensão irônica. Eu mesma não me lembrava do título, lembrava, sim, da agitação da boca, ou dos olhos, me lembrava de uma coisa que não está lá: a sensação de um dia de sol fraco. Ele podia estar vendendo morangos ou narcisos com a mesma obstinação, frágil em seu terno, engolido pelo muro erguido por uma humanidade conquistadora. Você se pergunta para onde ele volta à noite. Sabe que em algum momento deve ter surgido uma bifurcação ruim.

Perdi minha mãe dez dias atrás. Eu estava lá. Ela ergueu o ombro, como se estivesse incomodada com alguma coisa, e depois não aconteceu mais nada. Eu a chamei. Chamei várias vezes. E não houve mais nada. Meu amigo Lambert contou que sua mãe, havia pouco tempo, tinha lhe perguntado, com que idade você está agora?

— Setenta, mãe.

— Setenta anos! — exclamou a mãe. — Você merece ficar órfão, meu filho!

Fui com Jeanne esvaziar o apartamento no fim de semana. Dois cômodos minúsculos em Boulogne-Billancourt. Um serviço gratuito de coleta foi buscar os móveis e os utensílios de cozinha. E também todos os objetos, porquinho de madeira, gato de gesso, castiçal, boneca camponesa, pesos de papel em vidro e jarros de flor que jogamos em sacos de lixo. Na verdade, praticamente tudo, menos o que havia em algumas gavetas e as roupas. E o quebra-nozes em formato de cogumelo que eu tinha feito cinquenta anos antes, na oficina de carpintaria da escola, encontrado entre outras ninharias numa caixa de sapato toda troncha, das lojas André. Nunca imaginei que ainda existisse. Jeanne não se lembrava dele, nem acreditou que tinha sido obra minha. De um saco guardado no fundo de um armário, tiramos os paninhos de crochê, as capas de almofada de crochê e a colcha de patchwork de crochê que no passado cobria o leito matrimonial, tudo salvo do caminhão por alguma razão enigmática. Nossa mãe era craque no crochê. Depois de se aposentar, era só o que fazia. Compras, TV, e as agulhas diante da TV. Antes mesmo de aprender a andar, a filha de Jeanne já engatinhava de fraldinhas e saias de crochê. O que é que a gente faz com isso?, perguntou Jeanne.

— Podemos doar para uma instituição.
— E quem vai querer?
— Devíamos ter passado adiante junto com o resto.
— É.
— E as roupas também.
— É.

As roupas estavam cuidadosamente organizadas, espremidas num armário estreito. Mesmo no final, quando não saía mais da cama, ela queria estar sempre *apresentável*. Dizia, tenho medo de me encontrarem morta e suja. A velhota suja, deus me livre. Tiramos camisas, casacos de lã e o casacão de inverno. Botamos tudo sobre uma escadinha de três degraus, única sobrevivente da varredura. Conhecíamos as coisas de cor. Fazia muitos anos que víamos aquelas roupas todas. Trajes fora de moda, descabidos. O guarda-roupa de uma mulher comum que vive sem fazer barulho, sai para trabalhar, volta do trabalho, cuida direitinho da casa, a quem nunca ocorreu a ideia de nenhuma audácia ou brincadeira no visual, talvez em nada, mas isso quem é que pode afirmar? Jeanne e eu conhecíamos todas as peças, praticamente desde sempre, ela já usava aquelas coisas em Puteaux, as mesmas lãs ásperas, os mesmos conjuntinhos de tom meio verde-escuro, vinho ou bege, o robe de poliéster, não tão antigo, mas muito usado ao longo dos anos. Bem dobrados num canto, estavam os cachecóis que a gente tinha dado de presente a ela. Quando os cachecóis estavam na moda, dávamos a ela uns bem coloridos, sem perceber que ela nunca usava os que déramos antes. Ficavam protegidos da poeira por um papel de seda. Jeanne pegou um deles e o enrolou na cabeça, querendo imitar a Audrey Hepburn, e eu disse, quando é que começa o Ramadã? Começamos a rir, e uma tristeza profunda me subiu à garganta ali naquele minúsculo apartamento vazio, onde não sobrava praticamente nada de uma vida inteira. A gorducha da Anicé tinha se sentido obrigada a pegar o paninho. Disse «de lembrança, pronto», como se estivesse fazendo um favor. Podia ter fingido que estava comovida ou que admirava o trabalho, mas não, ela enfiou o troço no fundo da bolsa, como se fosse uma ninharia. Que raiva de mim, por ter dado o paninho a ela. Uma mulher passa a vida inteira fazendo crochê e deixa esses pedacinhos de pano que não servem para nada nem para ninguém. Ela mesma bolava os motivos, mas ninguém está nem aí. Quem quer saber de motivos de crochê? A morte leva tudo embora, e tudo bem. É preciso abrir espaço para os que estão chegando. Na nossa família, a coisa foi radical. O modelo bíblico, fulano, pai de fulano, que gerou fulano de tal, isso não existe para a gente. De nenhum dos lados. Não conheci nenhum dos meus avós, tirando minha avó paterna, viúva de um ferroviário, uma mulher que só amava os passarinhos, que ela entupia de comida nos peitoris das janelas.

O apartamento de cima continua fechado. A etiqueta amarela e os dois lacres de cera ainda estão na porta. De vez em quando eu subo, só para dar uma olhada. O que aconteceu aqui foi evaporando lentamente, o ar está igual a antes, eu me debruço na balaustrada da varanda e vejo o de sempre, os alfeneiros, os arbustos nos vasos, os carros estacionados dentro das faixas recém-pintadas. Eu costumava ver os Manoscrivi passando por esse estacionamento, eu os via entrar no Laguna break, ela sempre ao volante quando estavam juntos. Ele terminava o cigarro antes de subir, enquanto ela tinha tempo de dar marcha a ré. Vieram dezoito pessoas. Eu tinha calculado tudo para o dobro de gente. Os amigos de sempre, alguns colegas de Pierre, Jeanne e o ex-marido, minha sobrinha, os Manoscrivi, minhas colegas do Pasteur e do Font-Pouvreau, acompanhadas ou não, e também Emmanuel, embora não tenha ficado muito tempo. Assim que chegou, trazendo um bolo de laranja feito em casa, como se fosse um pote de caviar, Jeanne foi logo correndo até a cozinha para enrolá-lo com um pano e enfiá-lo com força na geladeira. Percebi na mesma hora que ela estava naquele seu estado eufórico que me deixa exaurida. Minha irmã tem um humor completamente instável. Pode variar de uma hora para a outra, ou num intervalo menor.

O mau humor é radical, um estado abatido, quase silencioso e ligeiramente simpático. Mas o bom humor é pior. Ela fica cantarolando, exibe uma alegria afetada, com gestos infantis e uma entonação propositadamente boboca. Ela estava vivendo uma aventura clandestina com um moldureiro. Naquela euforia típica dos inícios, tinha acabado de comprar uma trela e uma coleira de submissão. Insistiu em me arrastar para um canto, pois queria me mostrar o kit no celular. Também queria um chicote, tinha visto um incrível na internet, de quatro tiras, unidas por um cabo de couro de crocodilo. Acontece que custava 54 euros e vinha com o seguinte aviso: cuidado, objeto MUITO doloroso. Eu queria ver a cara do moldureiro, mas ela não tinha nenhuma foto. Ele tinha 64 anos, cinco a mais que ela, era casado, e seus braços eram fortes, porque remava, e tatuados. Pensei, por que não aparece na minha vida algum cara tatuado no braço, com um chicote? Me senti acabada, fora de jogo, alguém que só prestava para organizar festas com a família e com gente sem graça. Fico péssima por pensar assim. Sou feliz com meu marido. Pierre é alegre, fácil de conviver. Não é falastrão, eu não gosto de homem falastrão. Está sempre à minha disposição, mas não é nenhum bunda-mole ou pau-mandado. É carinhoso. Adoro sua pele. A gente se conhece de cima a baixo. Só critico seu amor incondicional demais. Ele não me bota em perigo. Não me idealiza. Me ama mesmo quando estou feia, o que não é nada reconfortante. Não existe eletricidade entre a gente, será que já existiu? Que inventário lamentável. Sou o pinheiro do conto de Andersen. Se pelo menos acontecesse alguma coisa mais excitante, mais inebriante! O que importam o bosque, a neve, os pássaros, a lebre? O pinheiro não desfruta de nada, pois só pensa em crescer, em ser mais alto para contemplar o mundo. Quando finalmente cresce, sonha em ser derrubado e levado pelos lenhadores para se transformar em mastro de navio e atravessar os mares, e, quando seus galhos ficam bem espessos, ele sonha em ser derrubado e levado para se transformar em árvore de Natal. O pinheiro definha, o desejo o mata. Na sala quentinha, enquanto o cobrem de coisas, o decoram, penduram nele saquinhos com bala, botam uma estrela em seu topo, ele sonha com a noite e com as velas em seus galhos, sonha que o bosque inteiro se cola nos vidros das janelas, invejando-o. Quando está sozinho no sótão, nu, sem espinhos em meio ao frio do inverno, se tranquiliza esperando o retorno da primavera e dos momentos ao ar livre. Quando está no quintal, murcho ao lado das novas flores, sente saudade do escurinho do sótão. Quando o machado e o fósforo aparecem, ele pensa nos antigos dias de verão, lá no bosque.

Os Manoscrivi foram os primeiros a chegar, junto com Nasser e Claudette El Ouardi. Um casal brilhante e austero. Conheci Nasser no Font-Pouvreau, onde ele trabalhava como representante europeu de patentes. Depois, abriu sua própria empresa de consultoria em propriedade industrial. Claudette é pesquisadora de bioinformática. Lydie e Jean-Lino já haviam se apresentado, ali mesmo na porta, dizendo que tinham feito uma longa viagem para chegar à nossa casa. Os El Ouardi riram educadamente da brincadeira. Os Manoscrivi traziam uma garrafa de champanhe, e Jean-Lino segurava um buquê de pequenas rosas violeta, cujos caules tinham sido cortados curtos demais. Antes de Jeanne chegar com o ex-marido, ficamos um momento só os seis. Um grande vazio, muita hesitação, os dois casais apertados cada um numa das extremidades do sofá, enquanto Pierre e eu, meio de pé, nos ocupávamos com as bebidas e os pratinhos de salada. Jean-Lino estava sentado na ponta de uma almofada, a mecha de cabelo bem colada à cabeça, mãos cruzadas entre as pernas abertas, numa postura de expectativa confiante. Usava uma camisa lilás que achei muito elegante, com cava americana, e uns óculos que eu não conhecia. Um modelo meio arredondado, cor de areia. Lydie ia passando adiante os talos de aipo. Nenhuma palavra alçava voo. Nenhuma conversa engrenava. O silêncio estava à espreita em todo final de frase. A certa altura, Nasser mencionou o boulevard Brune, e Lydie exclamou, ah, o boulevard Brune, é lá que vamos fazer nosso próximo jam! Jam?, perguntou Nasser, o que é isso? São umas sessões de jazz, abertas ao público, respondeu Lydie, toda sorridente.

— Ah, que ótimo...
— Uma improvisação, sabe? Amigos ou desconhecidos aparecem para tocar de improviso.
— Ah, improviso! Sim, sim, maravilha. Você toca algum instrumento?
— Eu canto.
— Você canta. Incrível.

Jean-Lino assentia com a cabeça, orgulhoso. Acrescentei, ela canta muito bem, e todos aquiesceram com gestos amistosos. Era de esperar um pequeno acréscimo, um mínimo gesto de curiosidade, mas, não, a conversa voltou a cair no enorme fosso de onde tinha surgido. Dei uma olhada pela janela e vi uns flocos de neve. Estava nevando! No primeiro dia da primavera. Gritei, está nevando! Abri a janela, e o ar frio entrou. Estava nevando. E não eram flocos pequenos, não, eram uns belos flocos pesados e achatados. Todos correram para a varanda. Claudette e Lydie se debruçaram sobre a balaustrada para ver se eles derretiam ao tocar no chão. Os homens disseram, não vai durar, e as mulheres disseram, vai durar, sim. Começamos a falar do clima, das estações, de sei lá mais o quê, Pierre estourou uma garrafa de champanhe, e a rolha saiu voando na direção dos flocos de neve. Que poluidor!, disse Lydie. Rimos enquanto brindávamos. Pierre contou uma história de quando Emmanuel era pequeno. Eles tinham ido viajar juntos, uma semana, pai e filho, para esquiar em Morzine. Dividiram um quarto num hotel que tinha uma sauna no subsolo. Uma noite, voltando para o quarto, relaxado, de roupão, Pierre encontrou Emmanuel chorando diante da TV. O que houve? — Está nevando em Paris! — Aqui também, querido, olha só como está bonito lá fora, disse Pierre, o pôr do sol atrás das montanhas. Quero voltar para Deuil-l'Alouette!, choramingou Emmanuel. Ele rolava na cama, gemendo, tacando no chão tudo que via pela frente, inconsolável por estar perdendo a neve em Deuil-l'Alouette. Teve uma hora que Pierre acabou atirando o controle remoto em cima dele, mas o troço bateu na parede. Emmanuel ficou dizendo que tinha escapado por pouco, enquanto Pierre sustentava que havia mirado para o lado. *«Neve», quer dizer, minha infância, quer dizer, a felicidade*, embora eu não concorde com ela, sempre me vem à cabeça essa frase de Cioran. Quando correu para a cozinha com seu bolo, Jeanne disse, eu quase me estabaquei na entrada do prédio, como se fôssemos os responsáveis por ela se desequilibrar. Estava usando uma sandália esquisita, de plataforma, toda de tiras, e só fui entender aquela escolha dois minutos depois, com as fotos do kit sadomasô. Graças à neve, a noite engatou. As pessoas foram chegando molhadas e agitadas, uma após a outra. O ex-marido de Jeanne, Serge (eles haviam se separado oito anos antes, em bons termos, e nós continuamos próximos), se encarregou de ficar recebendo as pessoas, respondendo ao interfone, pegando os casacos e improvisando apresentações. Minha amiga Danielle, que é arquivista no Pasteur, também chegou bastante agitada. Seu padrasto tinha sido enterrado naquele dia. No hospital, quando a mãe dela viu o morto dentro do caixão, gritou, mas Jean-Pierre não tinha bigode! A pessoa encarregada de arrumar o defunto o barbeara mal, e a sombra debaixo das narinas lhe dava ares de Hitler. Quando Danielle contou isso, me lembrei na hora do penteado lisérrimo, com uma risca exagerada, que tinham feito na minha tia para o seu velório, justo nela que ao longo da vida nunca deixava de fazer permanente e outras coisas para dar volume ao cabelo. Enquanto ela apodrecia num asilo, seu marido, que segundo as palavras de minha mãe nunca parou de correr atrás de um rabo de saia, doou todas suas coisas para uma instituição de caridade, menos o vestido que ela precisaria para ser enterrada. Jean-Pierre não tinha bigode!, a mãe de Danielle ficou repetindo várias vezes com uma voz apavorada (Danielle imitava com perfeição). Ao que parece, ficou zanzando pelo quarto e se chocou diversas vezes contra a parede. Danielle então falou com uma voz bastante ponderada, mamãe, se acalma, a gente vai dar um jeito nisso. Surgiu um homem, ela sinalizou o problema do bigode, e sua mãe repetiu, meu marido não tinha bigode! O homem voltou, na ponta dos pés, trazendo um estojo. O Jean-Pierre imberbe e empoado que resultou daquilo não se parecia mais com o Jean-Pierre de sempre, mas a mãe dela se debruçou sobre ele e disse, você está lindo, meu bichinho. Mais tarde, avançando pelo corredor, abatida e claudicante, ela disse, vou precisar muito do seu apoio, Danielle, querida, o que você vai fazer hoje à noite? Posso preparar para a gente uma carninha assada, com cogumelos? É, minha amiga, pensou Danielle, esquece a festa na casa dos seus amigos, você não vai poder deixar sua mãe sozinha hoje... Comentei que eu nunca tinha tido uma voz interior dessas que me chamava de *minha amiga* e me impedia de fazer besteira.

— É, a voz até que me chama de amiguinha — explicou Danielle —, mas eu não dou ouvidos.

— Você largou ela sozinha?

— Deixei uma vizinha cuidando dela, e preciso de uma bebida pra já!

— Você devia ter trazido ela.

— Você está louca, tenha dó! — gritou Danielle, dando um belo gole na bebida.

A partir daí, Mathieu Crosse, um colega de Pierre, passou a rondá-la. Eu estava na cozinha, partindo uma tortilha, quando Emmanuel apareceu de surpresa, magnânimo como um garoto que ainda tem outras três festas pela frente. Me pareceu extremamente jovem no meio de nós. E era. Os Lallemant chegaram trazendo uma torta de frango com especiarias e um livro para Pierre, entregue por Lambert num papel de presente. Pierre recebeu o livro com toda educação e o pôs sobre a mesa, sem abrir o pacote. Eu falei, abre, vai. Ele não desembrulha mais nada! Era *O breviário do xadrez*, do Tartakower, na primeiríssima edição. Um presente delicado, atencioso, porque Pierre vinha lamentando a perda de seu exemplar de juventude. Repeti, ele não desembrulha mais nada, agora deu pra fazer isso. Será que estou indo pelo mesmo caminho do meu pai?, comentou Emmanuel, não desembrulho mais as roupas que eu compro e demoro pelo menos umas duas semanas para vestir. Isso porque você ainda está muito novo, disse Pierre, espera só, vai chegar o dia em que você não vai vesti-las é nunca. Marie-Jo Lallemant sacudiu o cabelo molhado, num certo êxtase. O que você tem feito, Manu?, ouvi-a lançar para meu filho, num tom de camaradagem. Ela é ortoptista e se acha íntima dos jovens.

Marketing digital, respondeu Emmanuel. — Ah, incrível! Enquanto eu procurava uma travessa para servir a torta de frango, ouvi uns trechos de frases do tipo, a gente cria o conteúdo de sites corporativos para empresas B2B, e vi Marie-Jo abrindo um sorrisinho cúmplice, o digital é mais divertido que planejamento financeiro, Marie-Jo estava plenamente de acordo com ele.

Os Lallemant tinham acabado de voltar do Egito. Lambert estava mostrando fotos das pirâmides sempre com um ou dois asiáticos no campo de visão, fotos do Cairo, de vitrines com manequins, e de repente surgiu uma imagem insólita. Falei, deixa eu ver essa, deixa eu ver! Não era nada; uma mulher de costas caminhando de mãos dadas com uma criança minúscula. A foto era quase aleatória, sem muita nitidez. Agora consigo vê-la ampliada no meu computador, porque Lambert me enviou logo em seguida (por isso ela vem logo antes, no álbum digital, da foto dos Manoscrivi rindo). Numa rua do Cairo uma mulher está de costas e caminha segurando a mão de uma menininha minúscula que usa um longo vestido branco. O piso é de ladrilhos, parece uma esplanada ou uma calçada larga. Está de noite. No entorno há alguns homens, letreiros, vitrines muito iluminadas. A mulher é volumosa, e seu cabelo está escondido debaixo de um cachecol. Não dá para entender direito sua roupa, por cima de um pulôver de mangas pretas e uma calça escura, uma túnica laranja desce até os joelhos. A menininha lhe chega à altura do joelho e está totalmente de branco, exceto pelos braços nus. Um vestido sem mangas, esvoaçante e muito longo, que toca no chão e deve incomodá-la para andar, e por baixo uma camisa folgada de gola alta. O vestido se alarga na cintura, parecendo um modelo adulto, com uma considerável amplitude de tecido. Acima está a cabeça bem pequenina da criança. Uma nuca pelada, a não ser pelo rabo de cavalo no meio, orelhas de abano e cabelo preto desgrenhado. Que idade deve ter? O vestido não lhe cai nada bem. Aprontaram a menina para sair à noite. Na mesma hora me identifiquei com aquela figura toda de branco condenada a anos de vergonha. Quando eu era criança, ficavam sempre me *deixando bonita*. Entendi que eu não era naturalmente bonita. Mas não se deve endomingar uma criança feiosa. Ela se sente anormal. Eu achava as outras crianças graciosas. Já eu me sentia ridícula com aquelas roupas de velha que limitavam meus movimentos, o cabelo sempre curto (a infância inteira minha mãe me proibiu de ter cabelo comprido), alisado para trás com uma presilha para domar os fios rebeldes e deixar a testa à mostra. Me lembro de uma época em que fazia meus deveres de casa com mechas de cabelo artificial presas ao meu. Não parava de sacudir a cabeça, para sentir as mechas se mexendo. Minha mãe queria que eu tivesse uma boa aparência. Em outras palavras, que estivesse sempre asseada, o cabelo lambido para trás, rígida e feia. A mulher de cachecol não se preocupa com o bem-estar da menininha. Ela mesma não está à vontade no próprio corpo. Mas, acima de tudo, não aparece nenhuma preocupação com o bem-estar. Ninguém pensava nisso lá em casa. Não posso perdoar aquela escrota da Anicé por ter desprezado o paninho. Perco o sono só de pensar nisso. *Um doce de pessoa!*, querendo me agradar. Ou me deixar culpada. Minha mãe era tudo menos um doce de pessoa. Impossível descrevê-la nesses termos. Sob o pretexto da morte, deixamos que as pessoas percam sua natureza elementar. Bastaria, na verdade, que essa escrota tivesse pegado o paninho com carinho, que o pusesse com cuidado na bolsa, e o transformasse, pelo menos naqueles nossos segundos de despedida, em objeto querido. Ela deve ter jogado fora na primeira lixeira que viu pela frente. Eu teria feito o mesmo, mas ninguém suspeitaria. Quando eu não precisava participar de uma representação social, minha mãe me arrastava que nem a mãe do Cairo. Ocupada com as outras preocupações da vida. Quando ela estava com as mãos ocupadas com o carrinho de compras, eu tinha que segurar nas grades laterais. Podia passar quilômetros andando com o nariz escorrendo e o capuz todo troncho sem que ela percebesse. Jeanne e eu estávamos sempre agasalhadas demais. Tínhamos que usar casaco com capuz seis meses por ano, até quando já éramos bem grandinhas. Que detalhe será que me deu o estalo quando Lambert nos mostrou suas fotos inertes? Aquela dupla sobre o ladrilho esverdeado me deteve imediatamente. Apesar da desproporção entre os dois personagens, a mãe altiva e a pequenina de cabeça de alfinete, captamos toda a força de uma vida minúscula. Embora tenha sido tirada pouco tempo antes da festa lá em casa, em outro país, outro clima, a foto me joga para um passado longínquo. Eu e minha mãe éramos feias e mal-ajambradas. Andávamos sozinhas pelas ruas desse mesmo jeito e, embora minha mãe não fosse gorda, eu me sentia minúscula ao seu lado. Enquanto eu e Jeanne esvaziávamos seu apartamento, entendi o quanto ela tinha sido solitária ao longo da vida. Quando meu pai tinha seus ataques de loucura e me batia, ela aparecia no meu quarto para me mandar parar de chorar. Dizia ao pé da porta, bom, agora já chega desse seu teatro. Depois ia preparar o jantar e fazia uma coisa de que eu gostava, uma sopa de aletria, por exemplo. Em seus últimos meses de vida, quando íamos visitá-la, estava imersa numa inexplicável vitalidade. O pescoço para a frente, o rosto sempre a postos, à espreita de qualquer movimento, não queria perder nenhuma palavra trocada à sua frente, e isso apesar da surdez. Ela, que a vida inteira tinha se especializado na indiferença, que sempre se apegava ao lado negativo de tudo, na hora de jogar a toalha se mostrava devorada pela curiosidade.

Tem sempre um mala em tudo que é lugar. O mala da noite foi Georges Verbot. Ele come, bebe, não ajuda em nada e não fala com ninguém. Em pouco tempo a neve tinha se transformado numa chuvinha fraca. De prato e copo na mão, Georges Verbot vagava sem rumo entre os grupos, depois ia se colar à janela, como se lá fora estivesse mais divertido. Eu estava com raiva de Pierre por tê-lo convidado de novo. Muitos homens têm essa propensão, já reparei, de ficar a vida toda arrastando para cima e para baixo esses malas que só eles acham engraçados, enquanto ninguém mais entende. Georges começou a vida profissional como historiador, depois se dedicou às histórias em quadrinhos e hoje em dia faz uns rabiscos por aí e vive aos trancos e barrancos, enchendo a cara. Ainda lhe resta um rostinho ligeiramente bonito que atrai as mulheres meio desesperadas. Catherine Mussin, que continua trabalhando no Font-Pouvreau, se dirigiu até a janela e tentou uma aproximação com uma conversa sobre a mudança do clima. Georges disse que adorava o tempo feio e a chuva, principalmente aquele tipo de chuva suja que todo mundo detesta. Catherine gargalhou, encantada pelo comentário pitoresco. Ele perguntou o que ela fazia, ela disse que era engenheira de patentes, ele respondeu, a mesma idiotice que Elisabeth! Ela riu de novo e explicou que defendia as invenções dos pesquisadores.

— Ah, sei. E que invenção você está defendendo por agora?

— Estou trabalhando com a opiorfina. Para resumir, um pedido de patente envolvendo um novo analgésico.
— E esse pedido vai servir para quê? Para que uns caras encham o rabo de dinheiro?

Ela tentou ponderar. Àquela altura, já devia ter recebido umas baforadas do hálito de vinho. Georges disse, o pesquisador de verdade não está nem aí para a grana, minha querida, ele não precisa que ninguém o defenda! Catherine ainda tentou encaixar as palavras «interesse público», mas foi em vão. Vocês, vocês são a ralé do mundo industrial, continuou Georges, os caras que descobriram o vírus da aids pouco se lixavam para a grana, só se interessavam pela pesquisa básica, e a pesquisa básica não precisa de vocês, minhas queridas, essa história aí de patente é comércio puro, vocês não defendem ninguém, o que vocês defendem é a grana! Ele a espremia entre a janela e o baú e falava a dois centímetros de seu rosto. Ela estava ficando sufocada e começou a gritar, deixa de ser agressivo! As pessoas em volta se viraram, e Pierre interveio na mesma hora para acalmar o amigo. Os Manoscrivi pegaram Catherine pela mão e lhe prepararam um pratinho com salada e um pouco da torta de frango dos Lallemant. Ela ficou repetindo, quem é esse cara? Ele é louco? Ao passar por Lydie, falei, está aí um sujeito que você deveria reinicializar! Não dá para reinicializar um alcoólico, explicou Lydie. Fiquei pensando quem é que ela reinicializava, então, se não se podia reinicializar os perturbados.

Num dado momento, ouvimos Lambert dizer, todas as ideias de esquerda estão me abandonando aos poucos. Jeanne então rebateu, com uma audácia que teria sido suicida uns anos atrás nesse mesmo ambiente, já no meu caso, são ideias que nunca me pertenceram! Nem a mim!, cacarejou Lydie, muito à vontade vendo que não era a única. A Lambert também não!, disse Pierre. O que você está falando, minha vida toda eu votei na esquerda, contra tudo e contra todos, se defendeu Lambert, me acusam até de ser um velho esquerdopata. Serge reivindicou ser o único ali a merecer o título, e alguém perguntou se «esquerdopata» podia ser traduzido para outras línguas. Começamos a propor umas soluções, eliminando de comum acordo a possibilidade de um equivalente anglo-saxão. Gil Teyo-Diaz, nosso especialista no mundo hispânico, disse, *progre*, citando o herói barbudo dos quadrinhos, *Quico el progre*. Eu perguntei, e em italiano, você diria o quê, Jean-Lino? Vi que ele ficou vermelho, envergonhado por ter se tornado de repente o centro das atenções, buscou uma ajudinha da mulher, que estava toda agitada, e então saiu balbuciando não se sabe bem o quê e acabou articulando: *sinistroide*. Sinistroide! A palavra suscitou muitas risadas, e alguém perguntou se dava para dizer *un vecchio sinistroide*. Ele disse que não via por que não, mas que, como não era um italiano da Itália, não tinha certeza quanto à palavra, enfim, não podia afirmar nada a esse respeito, já que só falava italiano com seu gato, e nunca sobre política. Com isso, Jean-Lino atraiu a simpatia geral e se tornou, a contragosto, o queridinho da noite.

A juventude está nos abandonando!, gritou Serge enquanto Emmanuel tentava sair de fininho. O coitado teve que voltar à sala para uma rodada de despedidas. Vi que ele ficou um bom tempo de pé, curiosamente inclinado diante de Lydie, e então percebi que ela tinha pegado a mão dele e não largava enquanto estava falando, como fazem as pessoas que não duvidam do próprio magnetismo e cuja idade autoriza uma certa intimidade física. Catherine perguntou a Jean-Lino se ele tinha filhos. O rosto dele se iluminou, ele falou de uma alegria que lhe caíra do céu, e o nome de Rémi surgiu em seus lábios. Talvez cada um invente sua alegria. Talvez nada seja real, nem a alegria nem a tristeza. Jean-Lino chamava de *alegria* aquela inesperada presença infantil em sua vida. Chamava de alegria o fato inesperado de cuidar de um outro ser, de ser responsável por ele. Era essa a constituição de Jean-Lino. O infernal Rémi era a *alegria* caída do céu.

Na hora em que Emmanuel estava de saída, chegaram Etienne e Merle Dienesmann. Merle tinha acabado de tocar (ela é violinista) o *Réquiem* de Dvořák na Sainte-Barberine. Etienne é o amigo mais próximo de Pierre. Já faz alguns meses que vem sofrendo alterações na vista. Na garagem, ele estoca lâmpadas que compra por causa de sua degeneração macular irreversível. Ele se recusa categoricamente a falar do assunto em público e finge que nada está acontecendo (o que é cada vez mais difícil). Como não tem eletricidade na garagem, quando entra ali para armazenar alguma coisa ou pegar o que acha que pode ajudá-lo a enxergar, ele não vê nada, a não ser que leve um projetor de mil watts. Etienne era professor de matemática, como Pierre, mas agora ensina xadrez para crianças em algumas associações. Nunca o ouvi reclamar de seu estado. Seus olhos estão aos poucos perdendo o brilho, mas em seu rosto vem surgindo outra coisa que eu não saberia definir, algo de perseverante e nobre. Merle também age como se nada estivesse acontecendo, mas eu a vejo, de maneira bem sutil, aproximar seu copo do gargalo quando Etienne está servindo, fora outros pequenos gestos ínfimos que me deixam comovida.

Jeanne passou boa parte da noite com o telefone e os óculos na mão, absorta em uma comunicação febril. Serge fingia que não estava vendo nada. De um temperamento brincalhão (deliciosamente desajeitado), servia de garçom e anfitrião, falava com todo mundo, tentando inclusive entreter Claudette El Ouardi. Deixava as coisas mais leves e fáceis para mim. Embora ele já não tenha ciúme da vida atual de Jeanne, não entendo como ela pode ser tão grosseira. Minha irmã me pareceu monstruosa. Uma mulher patética, com seu salto altíssimo de adolescente, indelicada e vulgar. Ao passar perto dela, falei, chega, fica um pouco com a gente. Ela me olhou como se eu fosse amargurada e chata, e tudo que fez foi se mexer um pouco. Isso quase estragou minha noite, mas vendo-a ali de costas, inclinada sobre o telefone, o cabelo tingido lhe caindo sobre sua corcunda de búfalo, engolida há tanto tempo pela banalidade da vida, pensei que ela fazia muito bem de agarrar com unhas e dentes o remador, o chicote e as palavras lascivas, fazia muito bem de desprezar o ex-marido jovial e as convenções, enquanto ainda era tempo.

Gil Teyo-Diaz e Mimi Benetrof tinham estado no sul da África (todo mundo viaja, menos a gente). Gil contou como acabou de cara não com um, nem com dois, mas com três leões deitados. Homem e bichos ficaram se medindo, disse ele, mas ninguém se mexeu! Ninguém se mexeu porque os leões estavam a cinco quilômetros de distância e você estava no jipe, observando com um binóculo, falou Mimi. Nós rimos. Danielle ria, com o corpo colado em Mathieu Crosse. No extremo sul de Angola, continuou Gil, navegamos pelo rio Cunene infestado de crocodilos. Segundo Mimi, eles viram um bebê crocodilo sobre um rochedo — o que também podia ser um galho —, e tinha sido no norte da Namíbia. Gil afirmou que tinha fotos de crocodilos assustadores, tiradas a menos de dois metros. Mas claro, disse Mimi, ele tirou essas fotos no zoológico de Joanesburgo. Ela está falando bobagem, disse Gil, e, seja como for, tão cedo não vamos voltar a fazer esse tipo de viagem, já que

Mimi não está ganhando mais um tostão. Minha esposa está trabalhando com resseguro, no departamento de *acts of God*, nome para as catástrofes naturais, o que hoje em dia, levando em conta a mudança climática, significa: adeus, bônus! Todos riam. Os Manoscrivi riam. Foi a imagem deles que ficou. Jean-Lino, de camisa lilás, com seus óculos novos, amarelos e meio arredondados, de pé atrás do sofá, corado por causa do champanhe e da empolgação de estar socializando, com os dentes bem à mostra. Lydie, sentada logo abaixo dele, no sofá, a saia esparramada para ambos os lados, o rosto inclinado à esquerda, às gargalhadas. Rindo sem dúvida pela última vez na vida. Um riso que não paro de examinar. Um riso sem malícia, sem afetação, que ainda ouço ressoar com seu fundo brincalhão, um riso que nada ameaça, que não prevê nada, não sabe de nada. Não somos alertados sobre o irremediável. Nenhum espectro furtivo passa com sua foice. Quando eu era pequena, ficava fascinada com o esqueleto encapuzado, cujos contornos pretos se destacavam sobre uma aura lunar. Conservo até hoje a ideia de um elemento anunciador, sob as mais diversas formas. Um arrepio, uma luz que vai se apagando, um sino que bate? Quem é que sabe? Lydie Gumbiner não sentiu nada se aproximando, assim como nenhum de nós. Quando os outros convidados souberam o que tinha acontecido naquela noite, apenas três horas depois, ficaram estupefatos e apavorados. Jean-Lino também não sentiu nada, nem um ligeiro roçar lúgubre, quando começou, nos minutos seguintes, a falar de um jeito brincalhão, contaminado sem se dar conta pelo exercício conjugal que consiste em subir no palco e implicar com o outro para entreter a plateia. E como ele poderia sentir qualquer coisa? Tudo parecia familiar e sem grandes consequências. Apenas umas brincadeirinhas de sábado à noite, uns homens que consertam o mundo, se divertem e se provocam.

Lydie perguntou se o frango da torta de frango com especiarias dos Lallemant era orgânico. Marie-Jo respondeu meio irritada, bom, honestamente, não faço a menor ideia. A gente comprou no Truffon.

— Não conheço — disse Lydie.

— Está suculenta — comentou Catherine Mussin.

— Deliciosa — confirmou Danielle, cortando toda sedutora uma fatia para Mathieu Crosse.

— Você provou, Lydie? — perguntei.

— Não, eu não como mais frango sem saber a procedência.

— Pois é verdade! — exclamou Jean-Lino, o Jean-Lino das corridas de cavalo.

— Claro que é verdade — Lydie se vangloriou. — Digamos que não tenho mais comido nenhum tipo de carne.

— Mas está sempre vigiando o que os outros estão comendo! — brincou Jean-Lino.

— Ela está certa — disse Claudette El Ouardi, numa de suas raras frases daquela noite.

— Vou contar uma história — emendou o Jean-Lino do hipódromo. — Dia desses fomos jantar no Carreaux Bleus, com nosso neto Rémi. Eu estava pensando em pedir um frango basco e Rémi queria frango com fritas. Primeiro Lydie perguntou se os frangos recebiam alimento orgânico.

Lydie balançava a cabeça, concordando.

— Quando confirmaram que sim, que recebiam alimento orgânico — continuou Jean-Lino, feliz com seu manejo da língua —, ela perguntou se o frango ficava passeando no galinheiro, se dava suas voadinhas e se ficava empoleirado nas árvores. O garçom virou para mim e repetiu, *empoleirado nas árvores?*, com ar de quem estava diante de uma louca. Fiz um pequeno gesto de solidariedade, o tipo de gesto imprudente que nós, homens, fazemos de um jeito idiota — brincou Jean-Lino —, e Lydie repetiu com uma voz bem séria que sim, o frango se empoleirava.

— Isso, o frango fica empoleirado — confirmou Lydie.

— Estão vendo? — disse Jean-Lino, rindo e nos tomando como testemunhas. — Quando o garçom saiu, falei para Rémi, agora a vovó Lydie só deixa a gente comer frango se ele tiver se empoleirado! Ele perguntou, e por que o frango precisa ficar empoleirado? Aí ela respondeu, porque é importante que o frango leve uma vida normal de frango.

— Exatamente — disse Lydie.

— Respondemos, claro, claro, isso a gente sabia, o que não sabíamos era que o frango também precisava se empoleirar nas árvores!

— Ele também precisa tomar banho de poeira — acrescentou Lydie, com o pescoço esticado e um tom de voz que teriam aborrecido Jean-Lino se ele estivesse mais sóbrio.

— Hahaha!

— Para conservar sua plumagem. Pessoalmente, a mim não basta que digam, como seu amigo, aquele garçom incompetente que não sabe nem o que está servindo, não adianta dizer que o frango comeu alimento orgânico, o que eu quero saber é se ele levou uma vida ao ar livre, adequada a sua espécie.

— Ela está certa — repetiu Claudette El Ouardi.

— E quer saber? Não achei a menor graça naquela sua cumplicidade com o garçom e com o Rémi.

— Ah, vai, a gente tem o direito de rir, e nada disso é tão importante assim, chuchuzinho! Agora eu e o Rémi temos uma nova brincadeira. Quando vemos escrita a palavra frango ou quando a ouvimos, começamos a bater asas

— disse Jean-Lino, semicerrando os olhos, dobrando os braços e agitando as mãos na altura dos ombros de um jeito tão ridículo que Georges Verbot caiu na gargalhada. Um riso rouco, de embriagado, que deixou todo mundo desconfortável, menos Jean-Lino, que, feliz da vida, ainda aprimorou seu espetáculo do voo, esticando o pescoço e emitindo uns cacarejos complementados por movimentos rotatórios dos ombros e das omoplatas. Era quase uma espécie de encarnação. Georges declarou que iria criar o personagem do frango orgânico. Um terrorista da nova geração, que espalharia por aí vírus bacteriológicos. Poderiam chamar de *acts of devil*? Ele já visualizava o personagem e jogaria em volta de seu pescoço um cachecol de lã de merino. Depois, inclinando-se na direção de Catherine Mussin, que o olhava de soslaio, apavorada, ele sussurrou, merino, sabe? Aqueles carneiros que são tosquiados e mutilados de maneira atroz na Austrália.

Parando para pensar, acho que Lydie não abriu mais a boca depois disso. Pierre, embora menos inclinado a observar as pessoas, tem a mesma impressão. É claro que lá na hora ninguém notou. A festa foi boa, apesar de tudo, minha festa da primavera. Estava pensando nisso enquanto observava nossos amigos na sala, espalhados bem à vontade, falando alto ou nem tanto, fumando, comendo, se misturando. Danielle e Mathieu Crosse conversavam no maior flerte, à parte, no corredor. Jeanne e Mimi estavam esparramadas no pufe como duas adolescentes, rindo baixinho. Fiquei pensando de novo na expressão *criar vínculo*, e introduzi o tema dos conceitos vazios. Encontramos vários exemplos, e entre eles surgiu curiosamente o da *tolerância*. Foi Nasser El Ouardi quem o sugeriu, defendendo a ideia de que era um conceito estúpido já de cara, uma vez que a tolerância só pode ser exercida sob a condição da indiferença. A partir do momento em que já não está atrelado à indiferença, disse ele, o conceito desmorona. Lambert e alguns outros tentaram defender a palavra, mas Nasser, do alto da cadeira de palha, manteve seu ponto de vista, remetendo a noção simplesmente ao verbo amar, com tamanho brio que nos emudeceu. Por volta das onze, chegou Bernard, o irmão de Pierre, com um salame da Floresta Negra, impossível de cortar. De todo modo, já tínhamos servido a sobremesa muito tempo antes. Ele é engenheiro e trabalha numa empresa alemã, desenvolvendo um elevador que se desloca sem cabo e horizontalmente. Meu cunhado é um grande sedutor, um cara que só quer saber de aventura, de quem toda mulher deveria fugir imediatamente. Catherine Mussin, que não possui um sistema de alerta, embarcou rapidamente na levitação magnética. Os primeiros a chegar foram também os primeiros a ir embora. Assim que os El Ouardi se levantaram, Lydie puxou Jean-Lino pela manga da camisa. Agora me dou conta de que Jean-Lino foi embora contrariado. Os El Ouardi e os Manoscrivi se despediram na entrada de casa, exatamente onde tinham se apresentado. Ainda comentaram que qualquer dia iriam prestigiar Lydie numa jam session.

Por fim, só sobraram os Dienesmann, Bernard e nós dois. Bernard logo começou a insultar Catherine Mussin, brigando com a gente por não termos ido socorrê-lo. Ao que parece, ela disse para ele que estava em sua terceira estação. Uma mulher que te diz estou na minha terceira estação faz você brochar para o resto da vida! Contamos a ele o incidente com Georges, que ganhou sua simpatia. E depois voltamos a falar da neve. E dos ciclos, do absurdo que é acreditar num tempo linear, do passado que já não volta, do presente que nem sequer existe. Etienne contou que tempos antes, quando saía para passear com o pai pela montanha, e já estava com Merle, os dois caminhavam muito à frente de seu pai, cortando caminho, descendo rápido, eram *os jovens*. Depois, com seus próprios filhos, passaram ainda muito tempo caminhando à frente também. A gente se virava e dizia, que chato ficar esperando vocês, meninos!, contou Etienne. Hoje em dia, depois de três passos, já os perdemos de vista. Ficam inalcançáveis sem nem se dar conta disso, como também ficávamos no passado. Esperávamos meu pai ao pé da montanha. Quando despontava na curva da trilha, ele fingia que tinha ficado vagando de propósito, para contemplar a vista. Então dizia, você viu o canteiro de gencianas? E os miosótis...? Agora somos nós que desaceleramos o trem, disse Etienne. Os detalhes da natureza também nos freiam. A coisa acontece rápido demais, merda. Bom, em breve vou ter uma boa desculpa com meus olhos! Estávamos bem, nós cinco ali, os pés apoiados na mesinha de centro, tranquilos e um pouco velhos, em meio à desordem da casa. Estávamos bem no nosso mundinho de nostalgia e maledicência, bebendo ainda a aguardente de pera. Pensei que Etienne tinha tido sorte de poder passear pela montanha com o pai. Meu pai não era exatamente o tipo de pessoa com quem se podia passear pela montanha. Nem passear onde quer que fosse, aliás. Que dirá apreciar miosótis!

Quando estava indo embora, Bernard perguntou quem era a mulher de cabelo vermelho e o sujeito penteado à la Giscard d'Estaing. São nossos vizinhos de cima, falamos. São legais, disse Bernard, gostei muito dele. Fomos até a varanda para ver os três indo embora. Bernard na sua moto com o capacete enorme, e os Dienesmann contornando o prédio, abraçados pela cintura. Mais nenhum vestígio de neve, o céu estava estrelado e o ar era quase ameno.

Perguntei a Pierre, você me achou bonita?
— Muito.
— Você não achou que Jeanne estava esplêndida?
— Ela estava bem.
— Melhor que eu?
— Não, vocês duas estavam ótimas.
— Ela parece mais nova?
— Não, de jeito nenhum.
— Eu também não pareço mais nova, pareço?
— Vocês parecem ter a mesma idade.
— Se você não me conhecesse, e visse nós duas, quem você acharia mais bonita?
— Que tal a gente deixar para arrumar tudo amanhã?
— Você iria espontaneamente na direção de qual de nós duas?
— De você.
— Serge deve ter falado a mesma coisa para ela no elevador.
— Com certeza.
— Você não tem a menor credibilidade. Gostou do sapato dela? Não acha horrendas aquelas tiras? Não acha uma loucura botar um troço desses nessa idade?
— Sobrou uma tortilha... E três quartos daquela torta horrível de frango...
— Estava horrível, mesmo.
— Intragável. Vou jogar fora... Uma salada de arroz enorme... Queijo para os próximos dez anos... Ninguém tocou no patê de fígado...
— Esqueci de servir!
— E esse salame da Floresta Negra? Dá pra matar alguém com isso.
— Joga fora. Legal que o Lambert te deu o Tartakower.

— Minha edição era anterior.
— Mesmo assim foi legal da parte dele.
— Foi.
— Georges já chegou bêbado.
— Oito da manhã ele já está bêbado.
— Por que você chama ele?
— Ele é um cara sozinho.
— Ele cria um clima horroroso.
— Vamos deitar.

Continuamos comentando da noite no banheiro.

— E Danielle e Mathieu Crosse, hein? Você acha que tem chance? — perguntei.

— Ele parece bem interessado, ela eu já não sei.

— Eu diria o contrário. Vou ligar para ela amanhã de manhã.

— E sua amiga aqui de cima, a tal Lydie? Ela viaja completamente.

— Ah, você acha? — falei, rindo. — Numa ilha deserta, quem você escolheria: Claudette El Ouardi ou Lydie Gumbiner?

— Lydie! Mil vezes Lydie!

— Claudette El Ouardi ou Catherine Mussin?

— Claudette. Pelo menos daria para conversar.

— Catherine Mussin ou Marie-Jo?

— Essa é difícil... Mussin, mas amordaçada. Agora você: Georges Verbot ou Lambert?

— Não. Impossível.

— Tem que escolher.

— Bom, só depois de um bom banho e um trato nos dentes: Georges Verbot.

— Safada.

Já na cama, perguntei a Pierre por que a gente nunca tinha usado chicote, algema e essas parafernálias. Ele teve uma reação medonha, começou a rir. É verdade que aquilo não tinha o menor cabimento entre a gente. Ele disse, Georges ou Bernard? Respondi Bernard, sem a menor hesitação. Ele disse, ele te atrai, aquele canalha! Foi o suficiente para nos excitar.

Eu estava quase dormindo quando ouvi um barulho que parecia de campainha. Pierre estava com sua lanterna de cabeça acesa, relendo um velho thriller de espionagem daquela série *SAS* (depois que Gérard de Villiers morreu, ele sofre por não poder ler mais nada inédito). Senti seu corpo se contrair todo, mas estava tudo em silêncio. Uns minutos depois, ouvimos de novo o mesmo som. Pierre se aprumou para ouvir com mais atenção, me tocou de leve e disse, sussurrando, alguém apertou a campainha. Eram duas e cinco. Ficamos os dois esperando, ligeiramente inclinados à frente, ele ainda com a lanterna na cabeça. Alguém estava tocando. Pierre saiu da cama, enfiou uma camiseta e uma cueca samba-canção e foi ver quem era. Pelo olho mágico, reconheceu Jean-Lino. Pensou na mesma hora que pudesse ser um vazamento ou algo do tipo. Abriu a porta. Jean-Lino olhou fixo para Pierre, mexeu a boca de um jeito esquisito e depois, com o lábio inferior em forma de balde, disse, eu matei Lydie. De imediato, Pierre não assimilou a frase direito. Abriu caminho para Jean-Lino entrar. Jean-Lino entrou e ficou parado perto da porta, com os braços balançando. Pierre também. Ficaram os dois esperando na entrada. Apareci de pijama — uma camiseta da Hello Kitty, com uma calça de flanela xadrez. Falei, o que houve, Jean-Lino? Ele não respondia, ficava só olhando para Pierre. — O que houve, Pierre? Não sei, vamos para a sala, disse Pierre. Entramos. Pierre acendeu um abajur e disse, senta aqui, Jean-Lino. Ele indicou o sofá em que Jean-Lino tinha passado a maior parte da noite, mas Jean-Lino preferiu a cadeira de palha desconfortável. Pierre se acomodou no sofá e fez sinal para eu me sentar ao seu lado. Eu estava com vergonha da sala. Tínhamos ficado com preguiça de arrumar. Combinamos que faríamos tudo no dia seguinte. Chegamos a esvaziar os cinzeiros, mas o cheiro de cigarro continuava lá. Tinha guardanapo amarfanhado, talher espalhado, restos de chips... Sobre o baú ainda havia uma fileira de copos intactos. Queria dar uma organizada, mas senti que era melhor me sentar. Jean-Lino estava mais alto que nós dois na cadeira de palha. Sua mecha de cabelo pendia metade para o lado direito, enquanto a outra parte tremulava para trás, era a primeira vez que eu via sua careca. Houve um momento de silêncio e depois falei baixinho, o que está acontecendo, Jean-Lino? Ficamos observando a boca dele. Uma boca tentando diferentes formas. Traz um pouquinho de conhaque, Elisabeth, disse Pierre.

— Para você também?
— Sim.

Peguei três copos de vodca e os enchi de conhaque. Jean-Lino bebeu o dele de uma vez só. Havia alguma coisa estranha em seu rosto. Pierre o serviu de novo e nós dois ficamos só bebericando. Eu não entendia o que estávamos fazendo ali os três, na madrugada, na penumbra da sala bagunçada, bebendo de novo. Passado um tempo, Pierre disse, com uma voz normal, como se perguntasse alguma coisa agradável, você matou Lydie? Olhei para ele, olhei para Jean--Lino e disse, rindo, você matou Lydie! Jean-Lino pôs os antebraços nos apoios da cadeira, mas ela não era feita para isso e por um segundo parecia que ele estava amarrado numa cadeira elétrica. Percebi que estava sem os óculos. Nunca o vira sem óculos. Cadê Lydie?, perguntei.

— Eu estrangulei ela.
— Você estrangulou Lydie?
Ele fez que sim.
— Não estou entendendo.
— O que é que você não está entendendo? Ele estrangulou Lydie — disse Pierre.
— Cadê ela?
Jean-Lino fez um gesto indicando o andar de cima.
— Ela está morta? — perguntou Pierre.
Ele fez que sim e fechou os olhos.
— Pode ser que não esteja — disse Pierre —, vamos lá conferir.

Pierre e eu nos levantamos. Corri até o quarto para pegar um casaco e me calçar. Quando voltei à sala, Jean-Lino continuava na mesma posição. Vamos lá ver, Jean-Lino, o incentivava Pierre, quem sabe ela não está viva? Não é assim tão fácil estrangular alguém...

— Ela está morta — disse Jean-Lino, com uma voz cavernosa.
— Não dá para ter certeza, vamos subir!

Pierre estava começando a se irritar. Fazia uns gestos para que eu interviesse. Peguei no braço de Jean-Lino. Ele estava todo rígido e continuava agarrado à cadeira de palha. Tentei acalmá-lo, sussurrando umas palavras carinhosas. Falei, Jean-Lino, você não pode passar a noite toda nessa cadeira.

— Até porque ninguém vai roubar o teu lugar — acrescentou Pierre, tentando amenizar a tragédia.
— É verdade — confirmei.
— Cada segundo é importante! Estamos perdendo tempo!
— Ele tem razão...

— Reage, Jean-Lino!

— Ela está morta, já falei!

Pierre se largou no sofá, e o pé dele se enrolou no fio do abajur, que caiu no chão e nos deixou no breu quase total.

— Merda, era só o que faltava!

Acendi a luz do teto, que não ligamos nunca. Essa luz não, essa luz não, por favor!, gemeu Pierre. Acendi então a luminária de chão. Jean-Lino enfrentou aquela sucessão de luzes conservando a mesma postura enrijecida. Eu não sabia mais o que fazer, entre um marido que tinha resolvido jogar a toalha e mandar tudo para o inferno e aquele Jean-Lino fossilizado e irreconhecível. Tínhamos bebido demais. Comecei a arrumar a sala. Recolhi os copos, as garrafas, tudo que estava fora do lugar. Sacudi na varanda a toalha que estava sobre o baú. Enfileirei, perto da porta, as cadeiras que Lydie tinha emprestado. Peguei o aspirador portátil, meu Rowenta adorado, para recolher as migalhas. Comecei a aspirar a mesinha de centro e o tapete que ficava embaixo, então Pierre saiu da sua letargia e me arrancou o aspirador das mãos. Ótimo momento pra isso! Isso lá é hora de ficar arrumando? Ele levantou, segurando o Rowenta como se fosse uma metralhadora, e disse para Jean-Lino, bom, meu caro, agora nós vamos subir, vem, vambora! Jean-Lino esboçou um movimento, mas parecia amarrado na cadeira de palha, incapaz de sair dali. Pierre ligou o aspirador e o apontou para o peito de Jean-Lino, sugando parte da camisa dele com um barulho inusitado. Eu gritei, o que você está fazendo? Jean-Lino ficou apavorado com a sucção e levantou, numa atitude defensiva. Na mesma hora entendi que íamos mesmo subir até o andar de cima. Jean-Lino começou a alisar sua mecha de cabelo várias vezes, de um jeito compulsivo, e o acompanhei calmamente até a porta. Pierre calçou um sapato e saímos do apartamento. Subimos sob a luz amarelada da escada, Pierre à frente, de samba-canção rosa-claro, folgada, pernas nuas e mocassim, Jean-Lino com a mesma roupa da festa, toda amarrotada, e eu atrás, de pijama e pantufa de pelo sintético. Na porta de casa, Jean-Lino começou a remexer os bolsos até encontrar a chave certa, enquanto ouvíamos Eduardo miando e arranhando a porta. Jean-Lino lhe sussurrava umas palavrinhas, *sono io gioia mia, sta' tranquillo cucciolino*. Peguei a mão de Pierre, estava um pouco ansiosa, mas ao mesmo tempo com uma vontade tremenda de avançar rumo à densidade da noite.

Entramos no apartamento. Ele não acendeu a luz do vestíbulo. Eduardo ficou se enfiando entre as nossas pernas, com as costas arqueadas como a corcova de um dromedário. No final do corredor, o banheiro e o quarto estavam com as luzes acesas. Jean-Lino retomou sua postura de espera, os ombros erguidos e os braços balançando, como em nossa casa, no mesmo lugar. Onde ela está?, sussurrou Pierre. Achei esquisito aquele sussurro, mas ao mesmo tempo entendia que era impossível falar num volume normal. Jean-Lino inclinou a cabeça na direção do quarto. Pierre seguiu para o corredor. Fui atrás. Dali já dava para vê-la. Os pés voltados para a cabeceira da cama, o vestido amarrotado, o mesmo que estava usando lá em casa. Pierre empurrou a porta. Ela jazia com a mandíbula dependurada, os olhos muito abertos e esbugalhados sob o pôster da Nina Simone, com seu vestido de tramas e seus inúmeros pingentes. Na mesma hora, vimos que a coisa era gravíssima. Num rompante de profissionalismo (das séries, dos filmes policiais?), Pierre pegou o braço dela para verificar o pulso. Jean-Lino apareceu na porta, mexendo a cabeça como uma testemunha sombriamente aliviada de ver se confirmar sua primeira impressão. Ele havia colocado de volta os óculos cor de areia. Pierre olhou estupefato para Jean-Lino. Disse, você realmente... Ela está morta. Jean-Lino aquiesceu. Ninguém se mexeu mais. Até que Pierre disse, acho que devíamos... devíamos fechar os olhos dela.

— Sim...
— Melhor você fazer...

Jean-Lino se aproximou de Lydie e passou a mão sobre suas pálpebras, num gesto de caráter religioso. Mas o queixo continuava dependurado. Falei, a gente não pode ajeitá-la um pouco...? Jean-Lino abriu uma gaveta onde havia tudo que era tipo de cachecol, peguei o primeiro que apareceu, um lenço transparente com estampa de flores pálidas, Jean-Lino fechou a boca de Lydie, fazendo pressão, e eu envolvi a cabeça com o lenço, dando um nó bem forte sob o queixo. Ficou muito mais apresentável. Parecia alguém que estava tirando um cochilo ao ar livre, debaixo de uma árvore. Depois, sabe-se lá por quê, Jean-Lino também resolveu lhe calçar o sapato, um escarpim vermelho com fivela e laço achatado. Eu via as extremidades do corpo sobre a colcha bordada, e era difícil pensar que aqueles pés e a tornozeleira com penduricalhos não pertenciam mais a ninguém. Me peguei enquadrando a imagem na cabeça: da borda do vestido até a beira da cama, deixando alguns centímetros de parede, as pernas finas, os pés acetinados, dispostos sobre um tecido acolchoado, como após um amor violento. A imagem já pretérita de Lydie Gumbiner. Havia um penduricalho mais comprido que os outros, eu estava sem os meus óculos, mas acho que reconheci uma coruja. Qual era o significado daquela ave que balançava sobre a pele? Na cômoda também havia uma coruja, de estanho. Para suportar a vida na terra, adotamos como companhia elementos fantásticos. São eles que me fascinam quando contemplo o mundo imutável das fotografias, todos esses detalhes como elegias. Roupas, ninharias, talismãs, fragmentos de apetrechos chiques ou maltrapilhos que amparam os homens silenciosamente. Pierre disse, agora a gente precisa chamar a polícia, Jean-Lino.

— A polícia. Ah, não, não, não.

Pierre deu uma olhadela para mim.

— Mas o que você está pensando em fazer...?

— Não, a polícia, não.

— Jean-Lino, você... Aconteceu essa tragédia contigo... Você veio até nossa casa... Como é que a gente pode te ajudar?

Pierre continuava em pé, junto a uma cômoda, a seriedade da voz e as mãos em posição de prece um pouco atenuadas pela samba-canção rosa. Jean-Lino, cabisbaixo, acompanhava a movimentação de Eduardo em volta da cama.

— Quer que a gente chame alguém...? Um advogado? Eu conheço um advogado.

Eduardo subiu no penico. Um penico de louça, com uma tampa arredondada de madeira por cima (tábua de queijos?), e pensei que não era má ideia aquele penico ao pé da cama, para gente que nem eu, que se levanta três vezes por noite para fazer xixi. Jean-Lino disse, *non sul vaso da notte micino*, com um afago que deveria fazer o gato descer. Eduardo não deu a menor bola, ocupado que estava em examinar, bem à altura dos olhos, o corpo de Lydie.

— *Ti ha fatto male, eh, piccolino mio...*

— Jean-Lino, você vai ter que cooperar um pouco — retomou Pierre.

— Por que não vamos para a sala? — sugeri.

— *Povero patatino...*

Pierre foi dar uma olhada pela janela. Fechou a cortina. Com seu mocassim de bico de pato e a samba-canção transparente, declarou, bom, queria te dizer o seguinte, Jean-Lino, se você não chamar a polícia, somos nós que vamos ter que acabar chamando.

— Não é a gente que precisa fazer isso! — protestei.

— Não é a gente que precisa fazer, mas alguém tem que fazer.

— Vamos sair desse quarto, vamos pensar com calma.

— Pensar em quê, Elisabeth? Essa mulher foi estrangulada pelo marido, num ataque passional, não importam os detalhes, mas temos que chamar a polícia. E você, Jean-Lino, trate de descer do mundo da lua. E vê se fala alguma coisa, numa língua que a gente consiga entender, porque essa conversinha besta com a porra desse gato italiano está começando a me encher o saco.

— Ele está em choque.

— Ele está em choque, claro. Estamos todos em choque.

— Vamos tentar manter a calma, Pierre... Jean-Lino, o que é que você propõe?... Jean-Lino?...

Pierre sentou na poltrona de veludo amarelo. Jean-Lino tirou o maço de Chesterfield do bolso e acendeu um cigarro. A fumaça se espalhou por cima de Lydie. Ele tentou imediatamente dispersá-la com a mão. Depois, olhando para a esposa com o que me pareceu ser tristeza, disse, será que posso falar a sós com você rapidinho, Elisabeth?

— O que você quer falar com ela?

— É rapidinho, Pierre.

Fiz um pequeno gesto para ele, do tipo está tudo sob controle, e peguei o braço de Jean-Lino a fim de levá-lo para fora do quarto. Jean-Lino se enfiou no banheiro e fechou a porta assim que eu entrei. Com uma voz baixíssima e sem acender nenhuma luz, disse:

— Você me ajudaria a colocá-la no elevador...?

— Mas... como assim?
— Dentro de uma mala...
— Uma mala...?
— Ela é pequena, não é muito pesada... Alguém teria que acompanhá-la até lá embaixo... Eu não ando de elevador.
— Mas acompanhá-la por quê?
— Para controlar a chegada. Caso alguém lá embaixo chame o elevador.
Achei que fazia sentido.
— E você vai fazer o que com ela?
— Já sei aonde vou levá-la...
— Você vai levar de carro?
— O carro está aqui na frente. Só me ajuda a descer com ela, Elisabeth, deixa que eu cuido do resto...
Senti um cheiro de sabão em pó que me era familiar. Estávamos no breu total. Não conseguia enxergá-lo, mas ouvia a urgência e a angústia em sua voz. Pensei que também seria preciso checar se o estacionamento estava vazio... A porta foi aberta com violência.
— Você está pensando em ajudar esse maluco a enfiar a esposa no elevador, Elisabeth...?!
Pierre me agarrou pelo braço com dedos de aço (ele tem mãos bonitas, fortes).
— A gente vai descer agora e vou chamar a polícia.
Começou a me puxar, e tentei resistir, me agarrando aos roupões pendurados num gancho, mas a coisa não durou nem três segundos. Um de nós deve ter acionado um interruptor, porque uma luz néon se acendeu na parede. Tudo ficou amarelo, daquele mesmo amarelo que havia antigamente em Puteaux. Vai lá, Elisabeth, volta para casa, minha querida Elisabeth, eu estou maluco, melhor me deixar aqui, implorou Jean-Lino com os braços estendidos à frente.

— Mas o que é que você vai fazer? — perguntei.

Ele enfiou a cabeça entre os braços e sentou na borda da banheira. Balançando um pouco o corpo e sem nos olhar, gemeu, vou me recompor, vou me recompor. Morri de pena dele, ali todo encolhido, o cabelo bagunçado, debaixo do varalzinho de roupa naquele banheiro cheio de tralha.

Pierre voltou a me puxar. Falei, para de me puxar!

— Você quer ir pra cadeia? Quer que a gente acabe indo pra cadeia?

— O que houve, Jean-Lino? Você teve um acesso de loucura?

Jean-Lino murmurou alguma coisa. Pierre disse, não dá para entender o que você fala! Ainda sem nos olhar e agindo como uma criança que acaba de ser repreendida, Jean-Lino disse, ela deu um chute no Eduardo.

— Lydie deu um chute no Eduardo?! — repeti.

— Ela deu um chute no gato, e ele a estrangulou. Agora nós vamos embora.

— Mas ela adora bicho! — falei.

Jean-Lino deu de ombros.

— Essa tarde mesmo ela me fez assinar uma petição!

— Que petição você assinou?

— Contra a trituração dos pintinhos!

— Vamos, vamos, já chega — disse Pierre, irritado, me empurrando em direção à porta.

Com o pelo eriçado e os dentes à mostra, Eduardo tinha se insinuado pelo vão da porta do banheiro.

— *Non aver paura tesoro...* Ele está com cálculo renal, coitadinho.

— Você vai chamar a polícia, Jean-Lino? — perguntei. — É você que precisa chamar.

— Não existe outra possibilidade — disse Pierre.

— Sim...
— Não tem opção, Jean-Lino.
— Sim.

Pierre abriu a porta do apartamento e me empurrou para fora. Antes que a fechasse, gritei, você quer que a gente fique com você?

— Isso, vai, acorda o prédio inteiro! — sussurrou Pierre, fechando a porta com o maior cuidado. Depois me arrastou pela escada, me segurando com sua mão de aço. Já em casa, ainda me conduziu até a sala, como para evitar que nos ouvissem. Tentou puxar as cortinas, que são puramente decorativas, e chegou a arrancar um pedaço de um canto.

— O que você está fazendo, Pierre?!
— Que idiotice essa cortina!

Tomou o conhaque de um gole só.

— Você estava disposta a ajudá-lo a se livrar do corpo, Elisabeth?
— Que absurdo você ter ficado ouvindo atrás da porta.
— Você estava disposta a pegar o elevador com um cadáver...? Você se imagina descendo sozinha, quatro andares, com um defunto...? Responde, por favor.
— Dentro de uma mala.
— Ah, aí tudo bem, desculpa!
— Eu ia te contar se você tivesse esperado um pouco.
— Você tem ideia do que estamos falando? É gravíssimo, Elisabeth.

De repente me vi com frio e dor de cabeça. Pus um xale e fui até a cozinha esquentar um pouco de água. Voltei com meu chá e me encolhi num canto do sofá, do lado oposto ao de onde tinham sentado os Manoscrivi. Pierre andava para lá e para cá. Então eu disse, que coisa horrível a gente abandonar ele lá. Pierre se sentou ao meu lado e fez carinho em meu ombro, num gesto que tanto poderia ser para me esquentar como para acalmar uma mente perturbada. Do outro lado do estacionamento, o prédio estava completamente apagado. Devíamos ser os únicos que não tinham sucumbido à noite. Nós e os vizinhos de cima. Lydie, velada pelo gato preto, deitada com seu vestido de festa, e Jean-Lino, largado debaixo da roupa que estava secando. Num livro de contos de fadas que eu tinha, a princesa caía num sono profundo depois de ter o dedo furado pelo fuso de um tear. Deitavam-na sobre uma cama bordada de ouro e prata, e ela mantinha o mesmo cabelo cor de coral e os lábios encarnados. Chegou uma mensagem no meu celular. Pierre disse, nem pensa em responder para ele!

— Mas é o seu filho!

Emmanuel tinha escrito «Incrível sua festa da primavera, mãe!», e acrescentou uma carinha sorridente e um boneco de neve. Fiquei com lágrimas nos olhos, sem saber por quê. Aquela mensagem no meio da noite. O boneco de neve. Esse símbolo de alegria que nos remete imediatamente a tudo que passa, a tudo que se perde. Os filhos caminham muito à frente, como os filhos de Etienne e Merle na trilha da montanha. Como eu mesma me afastei muito, muitíssimo dos meus pais. Não são as grandes traições, e sim a repetição das pequenas perdas que despertam a melancolia. Quando era criança, Emmanuel tinha uma loja. Uma mesinha baixa, num canto do quarto, onde ficava a mercadoria, e ele sentava atrás. Vendia coisas que ele mesmo criava, toda uma gama de rolos de cartolina pintados com estampas decorativas, rolos de papel-toalha, de papel higiênico, objetos encontrados na natureza, bolotas, raminhos, também pintados, personagens de massinha. Chegou a inventar uma moeda especial, o «pestos», apenas em cédulas, papéis rasgados de qualquer jeito. Todo dia ele anunciava, do quarto: «A loja está aberta!». Nem eu nem Pierre respondíamos, pois estávamos acostumados àquela frase. Como ele não repetia, em seguida vinha um grande silêncio. Chegava um momento em que eu me lembrava de tê-lo ouvido e o imaginava lá sozinho, um comerciante mirim atrás de seu balcão, aguardando a clientela. Então ia até lá, levando a carteira com os pestos. Ele ficava contente de me ver chegar, mas ao mesmo tempo mantinha um tom profissional e me tratava com formalidade. Eu escolhia o que queria, pagava e ia embora com minha sacola cheia de pedrinhas e castanhas pintadas, com rostos desenhados na parte branca, sorridentes ou mal-humorados. Na lista dos conceitos vazios, tínhamos colocado em destaque o *dever de lembrar*. Que expressão estúpida! O passado, para o bem ou para o mal, é uma braçada de folhas mortas às quais é preciso atear fogo. Também tínhamos falado em *trabalho de luto*. Duas expressões completamente vazias de significado e, ainda por cima, contraditórias. Perguntei a Pierre, o que eu respondo?

— Você pode dizer que o vizinho deu cabo da esposa uma hora depois da festa.

— Bom, de todo modo, ele acha que estamos dormindo.

Nós dois nos cobrimos com o xale, como se fôssemos passar a noite no sofá. De repente ele se levantou, e eu o ouvi remexendo alguma coisa na entrada. Voltou trazendo a caixa de ferramentas e a escadinha, que abriu em frente à janela. Fiquei olhando-o subir os degraus com sua samba-canção e o mocassim. Movido por uma energia febril, tentou consertar o varão da cortina. As argolas tinham ficado presas no trilho, e a bainha do tecido tinha se rasgado. Ele tentou fazer um remendo. Vasculhando a caixa, me perguntou se tínhamos ganchos sobressalentes. Respondi que não fazia ideia. Ele se irritou, puxou a cordinha, puxou o tecido de linho, fazendo saltarem todas as argolas e acabou arrancando tudo na maior raiva. Não esbocei nenhuma reação. Pierre sentou no topo da escadinha, curvado, com a barriga para a frente, as mãos cruzadas, e os antebraços nas coxas. Ficamos um momento assim, estranho, sem falar nada. Fui tomada por um acesso de riso, um troço que veio do fundo da garganta e que tentei abafar como pude com uma almofada. Ele desceu da escadinha, fechou-a e a levou para a entrada, junto com a caixa de ferramentas. Ao voltar, disse, vou me deitar.

— Está bem.
— Vamos deitar.
— Vamos...

O buquezinho de rosas violeta de Jean-Lino estava dentro de um copo com água no canto da estante. Eu nem tinha me dado ao trabalho de tirar o barbante. Procurei outro recipiente e por fim acabei colocando o buquê num frasco de perfume. Quando fomos visitar a tia dele no asilo, Jean-Lino comprou um buquê de anêmonas. Disse para mim, entrega para ela. Fiquei segurando o buquê no corredor, enquanto a esperava. Havia corrimãos de madeira nos dois lados do corredor, e uma mulher caminhava de costas, com uma bengala e meias de compressão grossas. A tia dele surgiu com o andador e foi direto para a cafeteria. Eu lhe entreguei o buquê meio sem jeito, e ela não demonstrou o menor interesse naquelas flores parisienses. Acabaram ficando num vaso na sala comunitária. Botei o frasco de perfume na mesinha de centro. As rosas pareciam artificiais. Dentro daquele vidro embaciado, o arranjo tinha o aspecto de um adorno sobre uma lápide. Ou talvez fosse a sensação de anomalia por causa da hora e da situação. O que será que Jean-Lino estava fazendo sozinho lá em cima? Pierre me chamou do quarto. Falei, já vou... Como fomos capazes de largá-lo lá?

Ele havia nos levado, Pierre e eu, ao Courette du Temple, um desses cafés que se transformam em casa de jazz três vezes por semana. Organizou tudo, ou seja, chegamos meia hora antes, num lugar praticamente vazio, a não ser pelos músicos no bar. As caixas de som nas paredes tocavam *standards* diante de fileiras de mesinhas redondas. Jean-Lino, vestido à vontade, nos instalou quase à beira do palco minúsculo, onde aguardavam o piano, o contrabaixo e a bateria. Dissemos, tão perto assim? Mas ele queria que víssemos Lydie sem que fôssemos incomodados por algum pilar ou por outros espectadores. Acho que na verdade ele queria era reafirmar o *seu* lugar, seu lugar inaugural. Ele logo cumprimentou o dono do espaço, fez as apresentações na maior intimidade e pediu três drinques sem nos consultar. As pessoas foram chegando aos poucos, gente de todas as idades, com roupas fora de moda. Lembro de um sujeito de cabelo grisalho, com topete, que ficava para lá e para cá metido em sua jaqueta com gola de pele de carneiro, por cima de uma camisa vermelha. Alguns escreviam o nome numa lousa pendurada no suporte do microfone. Estavam se inscrevendo para a sessão de jam, explicou Jean-Lino. Lydie chegou radiante e agitada e correu para pôr o nome na lousa antes mesmo de nos cumprimentar. No início, os músicos tocaram sozinhos, e depois o trompetista cantou «I fall in love too easily». Pensei comigo mesma que fazia muito tempo que eu não me apaixonava *easily*, e também muito tempo que não sentava com desconhecidos num ambiente calorento e caótico. Depois os cantores se apresentaram de partitura na mão. O público batia palmas generosamente, seja qual fosse o desempenho. Jean-Lino era o que mais aplaudia. Uma mulher de vestido de bolinhas destruiu completamente «Mack the Knife» numa versão em alemão, e o homem com a gola de pele de carneiro (meu preferido, ainda penso nele), apresentado pelo trompetista como Greg, se aventurou numa composição própria. Com movimentos das mãos em primeiro plano, adoração do microfone, aprovação secreta das contribuições ocasionais do trompete, ele se exibia sozinho no mundo, a cabeça grisalha e lustrosa, a cinquenta centímetros de nós. Jean-Lino batia palmas, e Lydie se agitava com empatia. Ela o conhecia, era um frequentador assíduo, e na vida real trabalhava como fiscal nos trens da SNCF. Ela estava repondo o brilho labial quando o trompetista anunciou, e agora vamos ouvir: Lydie! Jean-Lino se virou para Pierre, com quem jamais tinha nutrido nenhum vínculo especial, e lhe agarrou o ombro. Estava vermelho, talvez da bebida, de nervoso ou de um sentimento de orgulho que o fazia olhar de soslaio para as outras mesas, para verificar o nível de concentração. Lydie começou a cantar «Les Moulins de mon coeur» em tom de confidência, com uma voz quase sussurrada antes de encher os pulmões para a parte do *anel de Saturno* e do *balão de carnaval*. Sob o holofote da frente, reluziam a cabeleira vermelha e os brincos. Sua voz era delicada, de um timbre que me soou bem jovem, com inflexões meio ingênuas que destoavam de seu aspecto físico e da impressão de energia obstinada que ela desprendia. Cantava «Les Moulins de mon coeur» sem arrastar as palavras, como uma cantiga infantil à beira da estrada, para chegar a lugar nenhum, para passar o tempo. Era uma mulher singular, que se poderia encontrar num lugar completamente diferente e numa outra época. Jean-Lino chamava atenção. Estava no ápice da alegria, quase levitando da cadeira. Ela não olhava para ele. Talvez não estivesse nem aí. Cantava aquelas palavras de abandono numa desenvoltura infantil, *o pássaro que cai do ninho*, *os passos que se apagam*, equilibrando-se num pé e no outro, fazendo balançarem seus penduricalhos, vivendo o momento a fundo, com um desprendimento incrível. Jean-Lino, inclinado à frente, velava seu ídolo com o corpo tenso, sem esperar nada em troca. Num dado momento, percebendo que eu o observava, ele se endireitou como se tivesse sido pego fazendo coisa errada e sorriu para mim, feliz e envergonhado. Para disfarçar o constrangimento, tirou uma foto de Lydie com o telefone que estava em cima da mesa, às pressas, sem se preocupar com o enquadramento, num estado de encantamento tão puro que não implicava nenhum gesto. Nós três a aplaudimos loucamente. Eu sabia que Pierre estava entediado, mas entrou no clima por educação. Tive a impressão de que as outras mesas também aplaudiam Lydie. Ela ainda ficou um tempinho atrás do microfone, sem pressa de ceder o lugar, ao contrário dos demais participantes, que fugiam timidamente assim que terminavam seu número. Antes de sair para fumar, Jean-Lino pediu quatro doses de rum Saint James, ao que Pierre começou a fazer uns gestos desesperados que me fizeram cair na gargalhada. Lydie voltou para seu lugar na mesa, realizada, dando tapinhas no decote. O trompetista então disse, e agora todo mundo pronto para ouvir: Jean-Jacques! Foi uma noite agradável e alegre, fadada ao esquecimento, apenas mais uma no fluxo das inúmeras noites de uma vida.

Hoje me parece distante aquele dia no Courette du Temple. A mulher de vestido de bolinhas, o homem que tentou tocar «Fly Me to the Moon» na gaita. Nós quatro, bêbados na calçada, nos enfiando num táxi que já estava ocupado, para sermos imediatamente colocados para fora. Um sujeito que tinha sido um dos primeiros a se apresentar me perguntou, você vem sempre aqui?

— Primeira vez.

— Na primeira vez, ninguém se atreve.

O passado desmorona tão rápido! Esfarela-se como o muro dos esquecidos. Penso bastante no cemitério de San Michele, em Veneza. Nós o visitamos, praticamente sozinhos, Pierre, eu e Bernard, num dia nublado de novembro. San Michele, infinito dédalo de sebes, unidades, loteamentos, campos. Uma ilha todinha só de túmulos. Corredores de columbários: muros inteiros de porta-retratos junto a jarros com flores artificiais. Centenas de fotos de pessoas arrumadas, penteadas, sorrindo alegremente. Nós nos perdemos, ficamos vagando ao acaso sem cruzar com ninguém. Era um dia de semana, na hora do almoço. Numa lápide, havia a seguinte inscrição, *Você estará sempre conosco, com amor, sua Emma*. Fiquei impressionada com a ousadia da frase. Como se algumas pessoas permanecessem eternamente na terra. Como se os dois mundos tivessem que se manter separados. Na parte das urnas, havia um muro dos esquecidos. Uma fachada suja, cinzenta. Os nomes e as datas estavam quase apagados. Ainda era possível ler 1905 numa placa mais clara. Nenhuma foto, em nenhum lugar, não havia nada, a não ser uma ou duas excrescências de flores de porcelana aparafusadas na laje. Aqueles ali não estavam mais com ninguém no nosso mundo. A cor esbranquiçada e preta do muro, eu a vejo como a própria cor do passado. A partir do momento em que pisamos na terra, precisamos renunciar a qualquer ideia de permanência. Perto da ponte de Rialto, naquele mesmo dia nublado, Pierre me deu de presente um poncho curto de caxemira, marrom e azul. Eu tinha visto o poncho exposto num busto, na vitrine de uma loja mal iluminada. A porta era difícil de abrir, e o homem que foi nos ajudar tinha um braço semiparalisado. O interior da loja era dominado por um enorme balcão. Nas paredes, as prateleiras sustentavam uma mercadoria praticamente toda embalada. Com o braço bom, ele tirou de uma gaveta vários ponchos de diferentes cores, embalados em sacos transparentes. Nenhum da cor que eu queria. Quando entendeu que precisaria tirar o que estava exposto na vitrine, ele resmungou alguma coisa em direção aos fundos da loja. Apareceu uma mulher, pouco sorridente que nem ele, a cabeça encolhida nos ombros, vestida como se estivesse do lado de fora (fazia frio dentro da loja). Ela arrumou uma escadinha para acessar a vitrine e começou a soltar os alfinetes que prendiam o poncho ao manequim. Experimentei o poncho em frente a um espelho que não deixava ver nada. Me virei para os homens. Pierre achou bonitinho, mas Bernard disse que parecia meio matrona. O casal da loja não abria a boca. Pareciam velhos e desinteressados. Compramos o poncho, que não foi nada caro. A mulher o dobrou com cuidado e o colocou numa sacola bonita, que tenho até hoje, com os seguintes dizeres *Cashmere Made in Italy*. Eles não esboçaram o menor sinal de alegria diante daquela venda, que talvez fosse a única do dia. Deviam estar lá havia muitos anos, vendo desaparecer aos poucos sua clientela, gente elegante do bairro, pessoas que foram embora ou já tinham morrido. Quando eles partirem, os chineses pegarão o lugar para vender bolsas. As mesmas bolsas coloridas, de couro, que ficam expostas pela cidade inteira, a cada cem metros. Ou vão abrir uma sorveteria cheia de luzes néon chamativas. Ou então, embora seja pouco provável, pode ser que uns jovens resolvam abrir uma loja de roupa. Mas as lojas de roupa fazem parte do mesmo mundo transitório que as bolsas. O casal antipático pertencia a uma espécie humana mais lenta. Digo mais lenta e não mais duradoura. Eles ocupavam um lugar na paisagem, e ainda persistem um pouco em minha memória.

No Pasteur, nosso departamento fica no prédio onde funcionava o antigo hospital. Foi construído no início do século XX e é tombado. É feito de pedra e tijolos vermelhos, à semelhança do prédio histórico. As duas alas são separadas por jardins e interligadas por uma incrível estufa que foi desativada, pois a vidraça estava correndo risco de vir abaixo. As plantas, no entanto, continuam crescendo, como numa pequena selva. A janela da minha sala, no térreo, dá para uma sebe e algumas árvores. Atrás há um prédio recente, com uma fachada de vidro. Nos dias ensolarados, a fachada do nosso prédio se reflete ali. Fico devaneando, me transporto e imagino a vida lá dentro, antigamente, nos tempos em que os pacientes contagiosos eram isolados, quando havia leitos de madeira, enfermeiras de touca ou véu branco. Enxergo coisas que não enxergava antes.

Passado um tempo, não ouvi mais nenhum barulho vindo do quarto. Fui lá dar uma olhada. Pierre estava entocado em seu lado da cama. Tinha pegado no sono. No sono. Enquanto no andar de cima, do outro lado da laje... Sentei na beira da cama e fiquei observando seu cabelo grisalho. Adoro o cabelo dele. É espesso e ondulado. Fiz um cafuné. Ele estava dormindo. Aquilo me deixou consternada. Ele mesmo, mais tarde, atribuiu a exaustão às sucessivas taças tomadas em meio ao pânico e à confusão da noite. Pouco importa. Ele tinha deitado, se coberto com os lençóis e se colocado na posição de quem se entrega ao sono. Havia me deixado completamente sozinha. Desprotegida. Fora me buscar com seus dedos de aço a troco de nada. Eu não tinha problemas em obedecer à voz paternal, contanto que se mantivesse firme. A voz severa tinha rosnado por dois segundos para logo depois desistir. O sujeito que dorme abandona você. Não se preocupa mais. Eu tinha achado meio ridículo ele bancando o rigoroso, a ponto de chamar a polícia, mas pensei, está com medo por mim. Está me protegendo. Na verdade, o que fez foi me levar de volta para casa e, na sequência, lavar as mãos. Nada de apreensão ou cuidado. Mais uma promessa que não se cumpre. E o que dizer, pensei ali no escuro, à beira da cama, o que dizer de sua falta de curiosidade? Pierre nunca se interessou pelo noticiário criminal, pelos dramas dos pobres mortais. Não enxerga nenhuma dimensão sombria nisso. Para ele, a coisa toda fede a mijo ou são todos canalhas. Em certo sentido, sou mais próxima de Ginette Anicé do que de meu marido. Fui até o banheiro. Sentei no vaso e comecei a analisar as amostrinhas que tinham me dado junto com o tratamento anti-idade de Gwyneth Paltrow. Havia uma máscara nutritiva do mar Morto que precisava agir a noite toda. Apliquei em meu rosto, enquanto refletia. Nenhuma ideia clara. Outro dia, vendo TV, ouvi um cara meio jovem dizer, Deus me guia, todo dia eu peço conselhos para ele, e inclusive fiz isso antes de vir aqui para esse programa. Deus dá muito conselho hoje em dia. Lembro de uma época em que uma frase dessas faria as pessoas gargalharem. Agora todo mundo acha normal, até nos canais de TV mais intelectualizados. Adoraria que alguém me ajudasse, me desse uma luz. Eu não tinha ninguém ali no banheiro, nem mesmo aquela voz interior para me dizer *minha amiga*. Fui até a porta de casa e olhei pelo olho mágico. Breu total. Voltei para a sala, apaguei a luz e abri um pouco a janela. Fiquei num dos cantos da varanda. Ninguém no estacionamento. O Laguna dos

Manoscrivi estava estacionado bem embaixo. Ouvi o silêncio da noite úmida, um pouco de vento, um ruído de motor. Voltei a fechar a janela. Não se ouvia nenhum som vindo do andar de cima. Nada. Comecei a vagar pela sala, traçando pequenos círculos com minha pantufa de pelo sintético. Me peguei dando uns saltinhos entre os móveis. Apesar de tudo, algo dentro de mim estava dançando. Eu já conhecia essa sensação, essa leveza incontrolável de quando a desgraça não nos atinge. Seria a embriaguez de um adiamento? A sensação de ainda estar de pé numa embarcação que chacoalha, ou simplesmente, como para Ginette Anicé (ela de novo), de escapar do tempo vazio? No programa da noite, surgia de repente a oportunidade de um desvio de percurso. Considerando que meu marido tinha me abandonado, eu podia muito bem subir de novo a escada. Não é ruim que uma promessa seja quebrada, é no espaço da decepção que se exerce nosso gene fáustico. De acordo com Svante Pääbo, um dos meus mestres de biologia, só nos diferenciamos dos neandertais por uma ínfima modificação num cromossomo específico. Uma mutação insólita do genoma que permitiria o ato de lançar-se no desconhecido, a travessia dos mares sem nenhuma certeza de encontrar terra firme no horizonte, toda a febre humana de exploração, criatividade e destruição. Em resumo, um gene da loucura. Voltei para o nosso quarto. Pierre dormia profundamente. Apanhei um casaco, peguei a chave de casa e saí de fininho. No andar de cima, bati à porta, sussurrando o nome de Jean-Lino. Ele abriu sem espanto, com uma seringa na mão. Dava para sentir o cheiro de cigarro. Estou lhe dando os remédios, disse ele. Por um segundo, pensei que estivesse falando de Lydie, que tivesse enlouquecido. Ao segui-lo até a cozinha, entendi que se referia a Eduardo. Ele está com pedra no rim. Precisa tomar seis comprimidos por dia e fazer uma dieta com uma ração que ele detesta, explicou Jean-Lino, todo atarefado, senta um pouco, Elisabeth.

— Coitadinho.

— No primeiro dia, levei uma hora e meia para fazer com que engolisse um comprimido só, do antibiótico. O veterinário tinha dito, você enfia o comprimido na boca dele e fica segurando firme as mandíbulas. Imagina... Assim que eu soltava a boca, ele cuspia. Entendi que, para engolir, o gato precisa abrir e fechar as mandíbulas, como se estivesse mastigando. Mas o pior de tudo — disse Jean-Lino — é a levedura.

Enquanto falava, ele ia despejando numa seringa para bebês o conteúdo que antes tinha misturado dentro de uma tigela.

— Essa ração dá diarreia nele. Diz o veterinário que não é a ração, mas eu acho que é ela, sim, essa Urinary-stress. Ele devora num segundo, adora, mas deixa ele com diarreia. Para os antibióticos e os troços anticálculos, acabei arrumando uma estratégia. São muito pequenos, do tamanho de uma lentilha, mas a cápsula do Ultradiar eu preciso dissolver na água e dar para ele com uma seringa de bebê. Bom, cadê esse pestinha? Vou atrás dele.

Fiquei um tempo sozinha na cozinha. Na mesa havia um prospecto com a foto de Lydie. Lydie Gumbiner, musicoterapeuta, terapia sonora, massagem com taças tibetanas. Na parte dobrada, aparecia a foto de um gongo e, logo abaixo, a frase, *A voz e o ritmo são mais importantes que as palavras e o sentido*. Olhei a cesta de vime sobre a bancada, com sua faixa provençal de algodão, e enumerei todos os ingredientes do ramalhete, alho, tomilho, cebola, orégano, sálvia, louro. Tudo arrumado com esmero por mãos cuidadosas, pensei, com algum prato em mente, ou apenas para teatralizar a vida? Jean-Lino voltou, carregando Eduardo no colo. Sentou e começou a dar a mistura ao gato como se estivesse dando mamadeira a um recém-nascido. Nunca fico à vontade na presença desse gato, um bandidinho selvagem, mas naquela hora ele me pareceu abatido, aceitando o tratamento e a condição humilhante com resignação. É a parte mais difícil, disse Jean-Lino, preciso tomar muito cuidado para ele não engasgar. Foi a frase? A postura quase pedagógica de seu corpo? Tive a nítida sensação de que ele estava preparando o futuro imediato de Eduardo. Resumindo, que planejava deixá-lo aos nossos cuidados. Fiquei apavorada. Disse, o que você está pensando em fazer, Jean-Lino?

— Anteontem, ele bebeu rápido demais, aí começou a tossir sem parar, sufocando.

— O que você está pensando em fazer com Lydie?

— Vou chamar a polícia...

— Sim. Claro.

— E cadê o Pierre?

— Dormiu.

O gato bebia tranquilamente sua levedura. O saco de ração estava em cima da mesa. Pelo nome, deduzi que devia ter algum ansiolítico na fórmula. Jean-Lino continuava com a cabeça inclinada sobre o focinho do gato. A voz dele estava mais firme depois da ida à nossa casa. A aparência de seu rosto e de sua boca também. Eu tinha conhecido o campeão da boca que vive procurando uma forma: Michel Chemama, meu professor de inglês na escola Auguste Renoir, um judeu argelino de Orã que vai ficar para sempre associado às palavras *harrvesting meushiin*, pronunciadas com um beicinho distorcido para a frente (naquela época, eu me perguntava, e me pergunto até hoje, qual seria a urgência de ensinar o termo ceifadeira a crianças da cidade, que começavam a aprender inglês). Jean-Lino pôs a seringa na mesa. Eduardo escorregou para o chão e saiu da cozinha. Não falávamos nada. Eu adorava o Michel Chemama, sempre de calça flanelada cinza, blazer transpassado azul-marinho com botões de metal. Talvez ainda esteja vivo. Quando somos crianças, não dá para saber a idade de um professor, achamos que todos são velhos. Obrigado por ter voltado, disse Jean-Lino. O que aconteceu, Jean-Lino? Eu não queria ser tão direta assim, mas não sabia o que dizer. A linguagem só traduz a dificuldade de se expressar. Em circunstâncias normais, percebemos isso e tentamos nos virar. Jean-Lino sacudiu a cabeça. Se inclinou para pegar uma tangerina na bancada. Ofereceu uma para mim. Recusei. Começou então a descascar a sua. Eu disse, vocês pareciam felizes lá em casa.

— Não.
— Não...?
— Sim... bom, eu estava feliz.
— Não se sinta obrigado a...

Ele botou a tangerina sobre um pedaço da casca, pegou um gomo e tirou os fiapinhos brancos.

— Não estou sentindo nada. Será que sou um monstro, Elisabeth?
— Você está anestesiado.
— Na hora eu chorei, mas nem sei se foi de tristeza.
— Ainda não.
— Ah, é... Sim, é isso. Ainda não.

Ele ia pegando os gomos da tangerina, um depois do outro, e os limpava, mas não comia. Eu estava morrendo de vontade de perguntar, o que você está pensando em fazer com o Eduardo, mas tinha receio de facilitar as coisas com minha pergunta. Também queria perguntar sobre seus óculos novos. Não se passa inocentemente do retangular escuro ao arredondado cor de areia. A armação grossa ainda remetia a seu rosto infantil. Entre os elementos insondáveis que fazem a gente se aproximar de uma pessoa e amá-la, está o rosto. Mas é impossível descrever um rosto. Fiquei olhando para o nariz comprido que se erguia e se achatava na ponta, a parte longa formando uma linha reta que ia das narinas até a boca. Pensava em seus dentes, que iam de mal a pior, totalmente na contramão do que estava na moda em termos de dentição. Enquanto ele triturava a casca da fruta, eu registrava para sempre as três coisas que o rosto de Jean-Lino transmite ao mesmo tempo: bondade, sofrimento e alegria. Eu disse, nunca tinha visto esses óculos.

— São novos.
— Bonitos.
— É Roger Tin. Em acetato.

Sorrimos um para o outro. Com certeza tinha sido Lydie quem escolhera esses óculos. Nunca que ele ia escolher aquela cor extravagante. Ouvimos um estrondo vindo do quarto. Levantei sobressaltada e me agarrei à geladeira. Jean-Lino foi ver o que era. Senti vergonha da minha reação. Mesmo que Lydie tivesse despertado, seria uma boa notícia, então por que ter medo? Não, não, o despertar do morto sempre foi aterrorizante, é o que diz toda a literatura. Fui até a porta da cozinha e fiquei escutando. Barulhos sem importância, a voz italiana de Jean-Lino. Ouvi-o fechar a porta do quarto, o corredor ficou mergulhado na escuridão, e ele reapareceu. Eduardo tinha tentado saltar do penico para a mesinha de cabeceira, mas a tampa resvalou, ele saltou errado e acabou derrubando o abajur da mesinha. Jean-Lino sentou de novo. Eu também. Ele pegou um Chesterfield. Posso?

— Claro.
— Ele fica meio desnorteado no quarto, porque em geral não o deixamos entrar.

Fiz uma coisa que eu não fazia havia trinta anos. Peguei um cigarro e o acendi. Aspirei a fumaça direto nos pulmões. Aquilo me queimou a garganta, e achei o gosto asqueroso. Às vezes, nas férias, eu ia com Joelle para a casa da família dela na região de Indre. Eles nos emprestavam uma casinha perto de Le Blanc. A gente dizia, lá vamos nós para a roça. Uma noite, à mesa, meu braço direito não parava de mexer, era impossível segurar o garfo, eu tinha fumado dois maços de Camel ao longo do dia, tinha treze anos. Mais tarde, cheguei a fumar um pouco de novo, com Denner. Jean-Lino tirou o cigarro da minha mão e o apagou dentro de um cinzeiro promocional. Ainda ousei fazer um gesto que jamais teria feito em outro momento: acariciei sua bochecha toda esburacada e falei, isso é o quê?

— Minhas cicatrizes?
— É...
— São cicatrizes de acne. Eu era cheio de espinha.

Enquanto fumava, ele olhava ao redor da cozinha. Em que estaria pensando? Eu visualizava Lydie morta no outro cômodo. Era ao mesmo tempo colossal e banal. A casa estava calma. A geladeira continuava emitindo seu ruído. Quando esvaziamos o apartamento de minha mãe, encontramos numa gaveta todo seu material de escritório. Era tudo muito antigo, da época em que ela cuidava das contas da Sani-Chauffe. Um estojo com uma régua, uma Bic de quatro cores, grampos, um bloco de papel novinho, tesouras prontas para cortar durante cem anos. Os objetos são uns sacanas, dissera Jeanne. Perguntei mais uma vez a Jean-Lino o que tinha acontecido.

Quando eles subiram para casa, Lydie o acusou de tê-la humilhado em público. Só de ele voltar ao episódio do

Carreaux Bleus e encenar a caricatura do frango já era em si uma traição, à qual se somava o fato de ter envolvido Rémi na história. Não tinha nada que ter mencionado Rémi, disse Lydie, e muito menos para contar que o menino tinha zombado dela, sua avó, o que além do mais nem era verdade. Jean-Lino, ainda eufórico, respondeu com desenvoltura que não tinha feito por mal, que tinha contado tudo aquilo para fazer o pessoal rir, como é comum naquele tipo de festa, e de fato todo mundo tinha rido numa boa. Ele fez questão de lembrar que no dia no restaurante ela mesma acabou rindo das imitações do frango. Lydie ficou fora de si, dizendo que só tinha rido (e pouco) para preservá-lo, Jean-Lino, aos olhos do menino, para evitar que ele percebesse, levando em conta sua extrema sensibilidade, como a imitação era deplorável. Ela jamais poderia imaginar que, além de tudo, acrescentou, precisaria reviver em público aquele ridículo, e ressaltou que a cena tinha recebido aplausos basicamente de um sujeito bêbado e belicoso. Ela o criticou por não ter percebido seu embaraço, seus sinais sutis e, de forma geral, por sua indelicadeza. Jean-Lino tentou protestar, pois, se havia um homem atencioso e sempre de prontidão, esse homem era ele, mas Lydie, aferrada a suas queixas, não estava a fim de ouvir nada. Aquela história do frango, contada, na certa, com o único objetivo de desencadear uma estúpida gargalhada, revelava sua insensibilidade, para não dizer sua mediocridade. Ela sempre aceitou que ele não adotasse seu estilo de vida, desde que se sentisse respeitada e compreendida. O que visivelmente não era o caso. É, algumas criaturas realmente têm asas em vez de braços! E, portanto, batem asas e se empoleiram. Quer dizer, acrescentou ela como se apontasse o dedo para Jean-Lino, isso se a covardia e a indiferença dos homens não dificultassem as coisas. Que graça tinha aquilo? Ela não entendia como as pessoas conseguiam rir de umas vidas tão miseráveis desde o nascimento até o abatedouro. E ainda arrastar com esse riso um garoto de seis anos, para torná-lo um algoz no futuro. Os animais só querem saber de viver, dar umas bicadas por aí, comer grama. Os homens os jogam no confinamento mais horroroso, em verdadeiras fábricas de morte onde eles não podem nem se mexer, se virar ou ver a luz do dia, disse ela. Se ele realmente queria o bem do menino, para além de querer conquistá-lo com aquelas idiotices supérfluas, é esse o tipo de coisa que deveria ensinar. Os animais não têm voz e não podem exigir nada para si, mas por sorte, ela se vangloriou, havia no mundo gente que nem a vovó Lydie para prestar queixa em nome deles: é isso que ele devia estar ensinando a Rémi, em vez de ficar zombando dela. Em linhas gerais, Lydie o criticou por tê-la usado para seduzir o menino — Jean-Lino se ofendeu com as palavras, completamente descabidas, disse ele, escolhidas apenas para humilhar —, por ter arrumado só esse truque para conseguir um mínimo de cumplicidade com ele. Ela disse que seu comportamento com o menino era patético, que ele não era nada, estritamente nada para o menino, e que jamais seria vovô Lino. Ela se mostrou indignada por ele dizer *nosso* neto, uma vez que não era ninguém para Rémi, e que ele de fato tinha avós verdadeiros, embora um já tivesse morrido e o outro nem encontrasse direito. Aquela usurpação, em especial na frente dela, e em público, era de uma grande violência, pois ele conhecia perfeitamente sua posição sobre o assunto e passava por cima disso num contexto em que ela não tinha como repreendê-lo. Lydie também disse que o menino o desprezava e que ele nem sequer se dava conta disso, porque as crianças não têm o menor respeito pelas pessoas que ficam querendo agradá-las e fazem todas suas vontades, em especial esse tipo de criança, disse ela, que amadureceu pelas circunstâncias da vida e que é dotada de uma inteligência superior. Quando Jean-Lino quis confrontá-la, falando dos recentes sinais de carinho que Rémi tinha demonstrado, ela rebateu prontamente, dizendo que todas as crianças, e Rémi não era exceção, eram umas interesseiras. Sob o pretexto de limpar a barra dele, Lydie ainda aproveitou para recordar sua falta de experiência naquela seara. Disse que um homem que ficava boboca daquele jeito perdia todo seu sex-appeal diante de uma mulher normal e que para ela já bastava o comportamento dele com Eduardo. Que tinha se acostumado, a contragosto, a sofrer a sós com o tanto que ele era capaz de regredir, mas que não esperava vê-lo se expor assim em plena luz do dia. Num casal, disse ela, cada um precisa se esforçar para honrar o outro. O que cada um mostra de si influencia no que as pessoas vão pensar do outro. De que adiantava a camisa lilás e os óculos Roger Tin se era para ficar batendo asas e cacarejando? Quando ponho minhas argolas coral e meu sapato Gigi Dool vermelho, quando desmarco dois pacientes, disse ela, para pintar o cabelo e fazer as unhas de manhã, é para estar à altura do que eu acredito que deva ser a Sua esposa, é para te honrar. Isso vale para todas as áreas. Só que, em vez disso, quando estamos no meio de gente intelectual e refinada, continuou ela, meu marido bebe feito um gambá, fica imitando um frango, conta a quem quiser ouvir que meu neto zomba da minha cara, que o garçom zomba da minha cara, eu tinha até esquecido disso, e que ele mesmo zomba da minha cara distorcendo uma história sobre um assunto que não é nada engraçado e que as pessoas não levam a sério. Jean-Lino comentou (ou tentou comentar) que várias pessoas ali deram razão a ela. Não, não, não, disse Lydie, só uma, e ainda por cima foi aquela pesquisadora fria que nem uma tumba. Você viu a cara dela quando eu disse que cantava. Nem sua querida

Elisabeth, sua amiguinha querida, abriu a boca. Todas essas pessoas que são, digamos, da ciência ou sei lá o quê, essa gente não está nem aí. Elas não têm nenhum escrúpulo, o cérebro delas só se ocupa do ramo em que atuam. Se duvidar, foram elas que desenvolveram os antibióticos usados nos chiqueiros industriais. Aquele doido lá tinha razão. Os homens enchem a pança e também o rabo de dinheiro. Não estão nem aí para os abatedouros medonhos, exterminam a natureza e não estão nem aí. Você também não se interessa por nada disso, só quer saber de descer para fumar essa merda desse seu Chesterfield.

Jean-Lino não sabe o que fazer. Deixá-la a sós com sua raiva e sair para fumar, ou ficar ali para tentar acalmar os ânimos. Ela estava sentada diante da escrivaninha, uma mesa antiga que ficava na sala, tinha botado os óculos e estava lendo os e-mails no laptop, com cara de quem retornava às coisas dignas de interesse. Ele nunca tinha visto Lydie checar os e-mails à noite. Uma reconciliação parecia distante. Decide sair para fumar seu cigarro. Veste a jaqueta e sai. Vai pela escada. Quando chega ao nosso andar, ouve umas vozes. Ainda tem gente saindo da nossa casa e papeando enquanto aguarda o elevador. Ele acha que nesse grupo devem estar minha irmã e Serge. Ouve risos, ouve minha voz encantadora (é a palavra que usa). Embora a porta da escada esteja fechada, sobe uns degraus para evitar que o vejam. Perdeu toda a confiança. Está envergonhado. Uma hora antes, fazia parte desse grupo animado, se sentia aceito, talvez até admirado em certos momentos. Agora não quer nem correr o risco de cruzar com alguém. Mesmo quando esses convidados já tiverem ido, pode ser que apareçam outros. Quando ele ouve o barulho do elevador e da nossa porta se fechando, sobe de novo para o quinto andar. Senta no último degrau, sobre o carpete puído, e acende o cigarro. É a primeira vez que fuma na escada. Nunca lhe ocorrera essa ideia. Fica relembrando a noite. Sorri ao pensar em todos os bons momentos, não sentiu nenhum tom de zombaria ao fazer os outros rirem, mas talvez fosse ingenuidade de sua parte. Lydie e ele não costumam sair, pelo menos não com aquele tipo de gente. No início, estavam meio nervosos, mas logo ficaram à vontade. Agora ele já não tem certeza de nada. Só sabe que antes estava feliz e não está mais. E que alguém tinha dado um jeito de lhe tirar a alegria. Eu o entendia melhor do que ninguém, ele tinha encontrado alguém com quem conversar. Meu pai não sabia se irritar sem distribuir uns tapas. À mesa, num dia em que estava feliz, eu tinha espetado uma batata no prato, com uma faca, e levei tudo direto na boca. Recebi uma sova na mesma hora e até hoje consigo sentir a dor. Não por ele ter me batido, eu já estava acostumada, mas por ter acabado com a minha alegria. Jean-Lino experimenta uma sensação de injustiça. Ele se vê, curvado no degrau, de jaqueta, na luz terrível da escada. Recorda as palavras de Lydie sobre Rémi. Tinha tentado não lhes dar tanta atenção. Havia bebido, o que ajudava. Mas tudo desaparecera, a alegria, a euforia. Será que o menino o desprezava? Jean-Lino não acreditava que um menino daquela idade pudesse ter um sentimento desses, mas Lydie também disse que ele não entendia nada do assunto. Ele já tinha desistido daquilo de *vovô Lino*, esperava outra coisa, algo mais substancial e profundo. Da última vez que se viram, ele levou Rémi ao Jardin d'Acclimatation. Era dia de semana, durante as férias de inverno. No metrô, comprou para ele uma caneta laser de um vendedor ambulante. Era um trajeto longo, com baldeação. Depois de fazer zigue-zagues no chão e nas paredes, Rémi começou a atacar os passageiros com seu raio. Jean-Lino tinha dito para ele apontar só para os pés, mas Rémi ia subindo furtivamente até o rosto das pessoas, fingindo olhar para o lado. Os passageiros começaram a insultá-lo, e Jean-Lino teve que confiscar o brinquedinho até chegarem a Sablons. Rémi fechou a cara. Já no parque, andava arrastando os pés. Ficou animado na sala de espelhos, e se acabou de rir diante das formas distorcidas que seu corpo assumia, mas sobretudo o corpo de Jean-Lino. Jean-Lino nunca tinha ido ao Jardin d'Acclimatation, e estava mais maravilhado que o menino. Os dois foram ao rio encantado, ao bate-bate, às montanhas-russas, tinha pouca gente, então dava para aproveitar tudo sem filas, Rémi pilotou aviões, e nas barraquinhas eles ganharam um macaco de pelúcia, uma pistola de água, um tubo para fazer bolhas de sabão e uma bolinha pula-pula, Rémi comeu um crepe de chocolate e eles dividiram um algodão-doce. Rémi queria fazer um passeio de dromedário. Tinha visto uma foto na entrada do parque. Foram procurar os dromedários, mas não tinha nenhum. Disseram que eles só voltariam na primavera, assim como os pôneis. Rémi fechou a cara de novo. Eles foram para o parquinho aberto. Jean-Lino sentou num banco. Rémi também. Jean-Lino perguntou se ele não queria escalar a teia de aranha gigante, mas o menino disse que não. Enfiou a cara dentro do casaco, deixando os brinquedos novos espalhados a seu redor, como se não ligasse a mínima. Jean-Lino disse que, depois que terminasse de fumar, eles iriam embora. Um menino da idade de Rémi passou na frente deles, estava brincando de imitar um trem e, com um galho, traçava uma linha na areia. Rémi ficou observando. O menino percebeu e logo parou. Então disse, apontando para o banco, esta é a estação Maleficia. Rémi perguntou onde ele tinha encontrado o galho, e os dois foram juntos até um canto cheio de arbustos. Dois minutos depois, estavam correndo e se cruzando à frente de Jean-Lino, Rémi tinha se transformado num trem. Após dar várias voltas, eles abandonaram os galhos para se meterem no escorregador, subindo pela parte de baixo. Saíam às gargalhadas, no topo, desequilibrando as crianças menores, que subiam pela escada. Fizeram de tudo um pouco ali no parquinho, cavaram a areia até chegar ao cimento, conversaram encostados numa cabana de madeira, escalaram a teia de aranha gigante e se divertiram pendurando-se perigosamente. Rémi estava feliz da vida, de um jeito que Jean-Lino nunca tinha visto. Mesmo de longe, conseguia sentir sua empolgação, a cumplicidade urgente com o novo amiguinho. Também via a vontade de Rémi de obedecer, sua submissão. Jean-Lino começou a ficar com frio. Fazia uns sinais para o menino, que não o enxergava. Estava cansado de esperar naquele banco duro. Já estava escurecendo. Ele também sentia algo que não podia admitir para si mesmo, uma sensação de abandono. Quando relembra, ali sozinho na escada de serviço, aquela tarde no Jardin d'Acclimatation, é tomado de novo pela melancolia. Lembra os brinquedos que ele mesmo recolheu e enfiou numa sacola de algodão que comprou num quiosque. Rémi não queria segurar a sacola, e ele a foi carregando a tiracolo até em casa. Fora o tubo de bolhas de sabão, os outros brinquedos nunca mais saíram da sacola. No metrô, Rémi adormeceu encostado no ombro dele. Depois, lhe deu a mão enquanto caminhavam pelas ruas. As palavras de Lydie maculam essas imagens. Ele não sabe mais o que pensar. As palavras se infiltraram em seu corpo e o fazem sangrar descontroladamente. Jean-Lino apaga o cigarro no cimento e enfia a guimba debaixo do carpete. Seus pés lhe parecem minúsculos dentro do mocassim. Sente-se pequeno, de tamanho, de tudo.

Tem dias em que, quando acordo, minha idade me salta na cara. Nossa juventude já era. Nunca mais seremos jovens.

Esse *nunca mais* é vertiginoso. Ontem, critiquei Pierre por ser indolente, se contentar com pouco, e acabei dizendo, você deixa a vida passar. Ele citou um colega, professor de economia, que morreu de um AVC mês passado. Disse assim, Max vivia intensamente, era um projeto atrás do outro, e deu no que deu. Fico meio deprimida, é difícil deixar de fazer planos. Mas talvez a própria ideia de futuro seja nociva. Tem línguas inclusive que nem possuem esse tempo verbal em sua gramática. *The Americans* virou meu livro de cabeceira. Desde que voltei a abri-lo, folheio um pouco todo dia. Numa rua de Savannah, numa tarde de 1955, que é o ano em que foram tiradas todas as fotos do livro, um casal atravessa uma rua. Ele é soldado, está de uniforme, camisa e quepe. Deve ter seus cinquenta anos, está com um cachimbo na boca e tem o jeito descontraído típico dos americanos, apesar do corpo roliço e da barriga apertada na cintura pela calça. A mulher é bem mais baixa, mesmo de salto alto, e o segura no braço à moda antiga, na dobra do cotovelo. Robert Frank os captou de frente, os dois olham para a objetiva. Ela está toda arrumada, usa um vestido escuro e justo, com detalhes nos bolsos e no pescoço, e um escarpim de verniz. Sorri para o fotógrafo. Parece mais velha do que o homem, o rosto marcado pelo sofrimento, pelo menos é o que eu vejo. De cara, fica a sensação de que não é todo dia que ela sai para passear de braços dados com um homem, que está vivendo um dia de pompa com sua bolsa nova, seu penteado de jovenzinha, seu rapaz fortão com quepe de oficial. Era um domingo daqueles em que a sorte recai sobre a pessoa. A primeira vez que vi Lydie ela estava atravessando o saguão e saindo do prédio de braços dados com Jean-Lino. Em plena tarde, também toda arrumada, emperiquitada e ereta, orgulhosa de si mesma, da vida, de seu maridinho de rosto esburacado. Tinham acabado de se mudar. Talvez ela nunca mais tenha atravessado a porta do prédio tão feliz e radiante. Todo mundo faz isso, mais dia, menos dia, homem ou mulher, fica que nem pavão nos braços de alguém, como se fosse a única pessoa no mundo a ter tirado a sorte grande. Devíamos nos agarrar a esses momentos fugazes. Não dá para esperar nenhuma continuidade na vida. Falei com Jeanne por telefone. Sua aventura está indo por água abaixo. O moldureiro está cada vez menos atencioso e mais devasso. Quando nossa mãe morreu, Jeanne quis aproveitar o momento de tristeza para introduzir um espaço sentimental na relação. O cara se mostrou totalmente indiferente e a entupiu de mensagens *hardcore* com o passar dos dias. Quer arrastá-la para orgias e oferecê-la a outros homens. Quando ela resiste, ele fica agressivo. Jeanne me liga quase todo dia, meio chorosa. Me diz, ele me botou essas imagens na cabeça. Agora tenho vontade de ir lá ver. Mas não dou conta. Estou vulnerável. Sozinha. Não tenho um corrimão onde possa me segurar. Para escorregar no inferno, a pessoa precisa de um corrimão, se eu escorregar, fico estatelada no chão.

Jean-Lino abre de novo a porta de casa. Tira a jaqueta e a pendura na entrada. Lydie continua sentada à frente do computador. Jean-Lino entra na sala. Ela está com os óculos estilo borboleta, de casco de tartaruga, na ponta do nariz e não vira a cabeça. Ele adoraria fazê-la sentir que uma mudança radical tinha acontecido e queria dizer umas palavras definitivas. Mas está fragilizado, confuso. Nada lhe vem à mente. Na mesinha de vidro, ao lado das bebidas, está o tubo de bolhas de sabão do Homem-Aranha do Jardin d'Acclimatation. Rémi adorava soprar essas bolhas na varanda. Quando estava ventando, ele corria para ver se elas tinham contornado o prédio e passavam em frente ao quartinho do canto. Antes do jantar, no dia em que foram ao parque, ele se agachou entre as plantas, ao pé da balaustrada, com o nariz enfiado entre as grades. É um verdadeiro profissional, consegue fazer bolhas gigantes, bolhas minúsculas, em cachos, umas que parecem *grávidas* e outras *superesquisitas*. Passado um tempo, já não tinha líquido no tubo. Jean-Lino o substituiu por uma mistura de detergente e água. Só que botou detergente demais. As bolhas ficaram pesadas e queimavam a pele. Rémi despejou o conteúdo do tubo na cabeça de quem passava. As pessoas começaram a xingar, e Rémi se escondeu, aos risos. Jean-Lino também riu. Lydie foi correndo fechar a janela da varanda e perguntou por que ele estava se comportando assim naquela idade. Rémi disse que tinha jogado o líquido fora porque o troço que Jean-Lino pôs lá dentro machucava a pele e o olho. Lydie deu uma bronca em Jean-Lino. O menino ficou esperando a coisa passar e não se manifestou. Jean-Lino se lembra desse olhar insolente. Mas, naquele dia, tinha interpretado como constrangimento. O embaraço que as crianças sentem diante das brigas dos adultos. Mas talvez fosse algo mais sério. Indiferença, desdém? As palavras de Lydie acabam com ele. O cabelo dela é da cor do abajur. Enxerga nela um quê de cartomante. Lydie mantém uma postura extremamente ereta, ele consegue sentir sua hostilidade desde a lombar até as escápulas. Jean-Lino serve para si uma taça de Fernet-Branca que toma de pé, plantado no meio da sala. Por um segundo, lhe vem a ideia de pegar o abajur e atirar na cabeça dela. Lydie não tira os olhos do computador. Anota umas coisas num bloquinho que tem ao lado. Jean-Lino se aproxima para ver. Ela está num site de proteção de animais de fazenda, ele consegue enxergar um texto sobre o calvário dos perus. Ele abaixa com violência a tampa do laptop e diz, ninguém aguenta mais essa história de galinheiro, estou de saco cheio disso tudo. Ela tenta abrir de novo o computador, mas ele está com a mão apoiada em cima. Ela diz, com uma risada de desprezo, eu sei que você não está nem aí.

— Não estou, mesmo — diz Jean-Lino —, não estou nem aí para o frango, para o peru, o porco, toda essa gente. Não estou nem aí para a vida do frango, eu gosto de comer seu frango orgânico porque ele é mais gostoso, ponto, fora isso não estou nem aí, não estou nem aí que ele tenha sofrido, nem dá para saber, não estou nem aí que ele não tenha visto a luz do dia, que não tenha saltitado nas árvores como um melro ou não tenha rolado na terra, eu não acredito que o frango tenha consciência, o frango é feito para ser engordado, abatido e comido. E agora vamos dormir.

Lydie tenta resistir, mas ele se mantém à sua frente, do outro lado da mesa. Embora não seja nem robusto nem alto, é mais forte que ela, que acaba desistindo. Empurrando a cadeira para ir para o quarto, ela diz, então esse é você de verdade.

— É, esse sou eu de verdade! Isso, isso mesmo! Que bom que você finalmente descobriu! E está pensando o quê? Acha que estava me honrando quando se atreveu a perguntar com sua vozinha agridoce sobre a origem do frango daquela torta de frango, ou quando disse que não comia mais frango sem ter certeza da procedência, como se estivesse num chinês barato e aquilo pudesse ser carne de rato? Você podia ter se contentado em não tocar no troço, mas, não, tinha que botar o assunto na mesa, assumir um ar de superioridade, para dar, como quem não quer nada, sua liçãozinha de moral, para que todo mundo ficasse a par do seu comportamento virtuoso.

Ele a segue até o quarto. Ela tenta impedi-lo de entrar. Impossível. Senta na cama e começa a tirar as presilhas do cabelo. Age com uma diligência minuciosa, vai colocando uma por uma dentro de um estojinho, atividade que exclui qualquer outra preocupação.

— Estou de saco cheio dessas restrições constantes — prossegue Jean-Lino, que tem pavor daquele ritual obsessivo, de saco cheio de viver intimidado —, se eu quiser comer frango todo dia, vou comer todo dia, já tem muita gente que nem você que só come grão e salada, tem cada vez mais gente que nem você, então vocês bem que podiam ficar nessa de comer salada e parar de encher o saco.

— Sai do meu quarto.

— O quarto também é meu.

— Você está caindo de bêbado.

— O que eu não entendo é como essa gente arranja tempo pra sentir pena de tanta coisa. Se é para ter pena, melhor ter pena das pessoas. O mundo é horrível. Tem gente morrendo bem debaixo do nosso nariz, e vocês sentem pena é das galinhas. Isso de sentir pena tem limite. Não dá para ter pena de tudo, senão a pessoa vira o abade Pierre, que aliás era um canalha, ele sentia pena dos mendigos e cuspia nos judeus. Nem ele tinha um coração tão grande assim.

— Você sabe o que separa a gente dos animais? — Lydie começa a gritar. — Sabe qual a distância entre nós e os animais? Isso aqui, ó!

Ela estala os dedos.

— E a cada dia diminui. Pergunta para os teus amiguinhos cientistas.

— Conhecemos bem essas suas teorias.

— Não são minhas!

— Pode fazer essa sua cara de desdém, faz biquinho, vai, faz essas suas caretas de megera, vai em frente.

— Sai do quarto, Jean-Lino.

— Estou no meu quarto.

— Quero ficar sozinha.
— Vai para o outro quarto.
— Fala para esse gato sair do quarto.
— Não, aqui também é o lugar dele.
— Meu quarto não é o lugar dele!
— Vê se aceita ele um pouco, sozinho ele fica triste.
— A gente já teve essa discussão.
— Coitado. Como é que você não tem pena dele, já que é tão sensível à causa dos animais?
— *Fuori, Eduardo!*
— Não precisa gritar com ele.
— Sai, seu idiota!

O gato olha para Lydie com desprezo e não se mexe. Lydie estica a perna e o empurra com violência. O salto pontiagudo do Gigi Dool atinge Eduardo no flanco. Ele solta um gemido de dor. Segundo o próprio Jean-Lino, o gemido deixa os dois abalados, só que é tarde demais. No momento em que Lydie se inclina na direção do gato, Jean-Lino agarra a parte do cabelo dela que já está sem as presilhas e torce o pescoço dela para trás. Ela tenta virar, para se desvencilhar dele, mas ele nem sabe mais o que está fazendo, fica segurando as mechas de cabelo com as duas mãos e puxa em direções opostas. Lydie está apavorada. Ele a acha feia. De sua boca distorcida não sai nenhuma palavra inteligível, apenas uns sons esganiçados que o irritam. Jean-Lino quer silêncio. Quer que aquela garganta não produza mais nenhum som. Aperta o pescoço dela. Lydie se debate, se empina toda. Ele bebeu demais. Está louco. Vai saber. Aperta o pescoço dela usando os polegares, quer que ela desista, caia, continua apertando até nada mais se mexer.

Ele demora a entender o que aconteceu. Primeiro pensa, considerando a personalidade de Lydie, que ela está se fingindo de morta. Já havia simulado uma síncope ou catalepsia no passado. Ele a sacode com cuidado. Fala seu nome. Pede que pare de brincadeira. Fica um tempo em silêncio absoluto para que Lydie pense que ele saiu do quarto. Eduardo entra no jogo, fica completamente imóvel, como só os felinos sabem fazer. Lydie persiste em sua imobilidade. São os olhos dela que o alertam. Estão abertos. Ele acha que é impossível manter esse olhar de estupor permanente. É atravessado pela ideia da morte. Lydie talvez esteja morta. Ele põe um dedo sob as narinas dela. Não sente nada. Nem calor nem respiração. Mas ele não apertou tão forte assim, vai. Aproxima-se do rosto dela. Não ouve nada. Belisca uma das bochechas, ergue uma das mãos. Faz esses gestos com pavor e embaraço. As lágrimas descem. Ele desaba.

Jean-Lino me disse, desabei sobre o corpo dela e comecei a chorar. O tique da boca voltou com toda força. Uma projeção de todo o maxilar, formando um «u» com o lábio inferior. A noite ainda estava escura, eu via pela janela. No apartamento deles, a janela da cozinha dá para o vazio do céu. Fiquei pensando se Lydie não estaria flutuando em algum lugar ali fora (e nos observando através do vidro). De vez em quando, me volta esta antiga obsessão, de que os mortos nos veem. Depois que morreu, a irmã do meu pai apareceu e quebrou o lustre que ficava na nossa sala. Sabíamos que era ela porque eles tinham prometido um ao outro que o primeiro dos dois que morresse iria quebrar algum objeto na casa do outro para comprovar a existência da vida após a morte. Tia Micheline dissera, erguendo a cabeça, não seria má ideia uma dessas tulipas do lustre. No dia de seu enterro, à noite, uma opalina do lustre caiu sem motivo algum e se espatifou em cima da mesa. É a tia Micheline, porra! Mas onde ela está?, Jeanne e eu perguntamos. Eles estão por aí, vendo tudo, disse minha mãe. Depois daquilo, todas as minhas atividades ilícitas foram arruinadas pelo olhar de tia Micheline. Onde quer que eu me escondesse, lá estava ela. Eu e uma amiga de escola nos metíamos no meio do mato, abríamos a perna uma para a outra e a gente ficava se tocando. Minha tia supostamente nos observava horrorizada. Nenhum mato era capaz de me proteger de tia Micheline. Pensei que meu pai também devia ficar rondando em algum canto. Mas nisso eu já era adulta, não me incomodava mais. Ele tinha se acalmado em seus últimos anos, havia algo de inacabado nele. Morreu logo antes de eu concluir meu doutorado em biologia. Fiquei feliz de saber que ele estava vendo tudo. Cheguei a levantar a tese bem no alto para que ele pudesse ver. Falei, Jean-Lino, o que você queria fazer com o corpo de Lydie?

— Queria levar até o consultório dela.
— É longe?
— Fica na rua Jean-Rostand. De carro dá uns dois minutos.
— O consultório de psicoterapia?
— Isso. Ela morava lá antes de virmos para cá.
Silêncio.
— Mas, chegando lá, como é que você faria?
— Tem elevador.
— Você botaria ela lá dentro?
— Sim.
— Sozinha?
— O consultório fica no primeiro andar. Daria tempo de eu subir e chegar antes.
— Mas teriam estrangulado ela dentro do consultório?
— Alguém podia ter seguido ela na rua...
Silêncio. Ele descreve a sequência com uns gestos desordenados do braço.

— E ela teria ido ao consultório no meio da noite? Depois da festa?

— A gente teria brigado, e ela teria saído de casa. Já fez isso antes.

— Para dormir lá?

— Isso, mas acabou voltando.

A frase nos atormentou. Ele tinha falado sem pensar. Minha mãe, em sua cama, de repente havia ficado inerte e parecia um pássaro abatido. Não acreditamos em nenhuma metamorfose dos pássaros. Para eles, não imaginamos nenhuma migração final. Aceitamos o vazio. Me levantei para olhar a noite de Deuil-l'Alouette pela janela. Nada de mais, postes de luz, telhados, sombras dos prédios, árvores meio desfolhadas. Um cenário insignificante, que podia muito bem ser varrido num piscar de olhos. Pensei em Pierre, que tinha nos abandonado. Virei e disse, vamos em frente?

— Em frente para onde?

— Levamos Lydie até o consultório?

— Não quero te envolver nisso...

— A gente desce com ela, eu te ajudo a enfiá-la no carro e desapareço.

— Não...

— Não dá tempo de discutir. É agora ou nunca.

— Você desce no elevador, só isso.

— Sozinho você não vai conseguir colocá-la no carro. Você já tem a mala?

Ele se levantou, e eu o segui até o quartinho onde Rémi devia dormir e que lá em casa tinha sido o quarto de Emmanuel. Ele acendeu a luminária do teto, que emitia uma luz azulada. A cama estava coberta de brinquedos, de tudo que era tipo. Jean-Lino tirou de dentro do armário uma mala rígida, imitação da Samsonite. Eu disse, você não tem uma maior?

— Não.
— Impossível ela caber aí.
— Cabe muita coisa.
— Abre.

Ele pôs a mala no chão e a abriu. Entrei nela, tentei me sentar, mas não dava para me encolher ali dentro.

— Você é muito maior.
— Essa é a única que você tem?
— Eu acho que Lydie cabe aí.
— Claro que não...!

Peguei a mala e fomos até o quarto deles. Lydie estava na mesma, estendida com o lenço. Voltamos a abrir a mala e logo ficou claro que ela não caberia. Pensei na nossa mala grande, de lona vermelha, que ficava no nosso depósito no subsolo. Eu tenho uma que pode servir, falei.

Jean-Lino ficou balançando a cabeça, inquieto. Aquela falta de iniciativa estava me irritando um pouco.

— Vou lá buscar?
— Não posso aceitar isso.
— O problema é que está lá no subsolo, e a chave fica na minha casa.
— Não, Elisabeth, deixa para lá...
— Vou tentar. Se Pierre estiver dormindo, ótimo.

Desci pela escada. Abri a porta devagarinho. Sem acender nenhuma luz, fui ver se Pierre continuava dormindo. Não só dormia como roncava. Fechei a porta do quarto. No vestíbulo, abri a gaveta onde ficam as chaves e comecei a procurar. As chaves do depósito não estavam ali. Pensei um pouco, sem me desesperar. Lembrei que tinha ido até lá de dia, para pegar o banquinho. Estava usando um casaco que tinha bolso. O casaco estava no quarto. Voltei e apanhei o casaco, que estava pendurado na cadeira, tomando cuidado para não deixar a chave cair no chão. Desci a escada correndo. Nosso depósito fica no final de um corredor. O piso para chegar até lá não é pavimentado. Estava irritada de ter que pisar ali com minha pantufa, de modo que fiz o trajeto na ponta dos pés. Esvaziei a mala, que estava com outra mala dentro e umas sacolas. Quando já estava voltando pelo corredor, a luz se apagou. Não liguei de volta. Subi a escada íngreme sem enxergar nada. Entreabri a porta do saguão. Deserto e às escuras. O elevador estava ali, e entrei nele para voltar ao andar de Jean-Lino. A porta do apartamento estava aberta. Tudo foi feito com uma velocidade de profissional. Fiquei bastante orgulhosa do meu sangue-frio.

A mala vermelha estava aberta ao pé da cama de Lydie. Jean-Lino tinha guardado a outra. A vermelha era maior, mais maleável. O plano parecia factível. Na mesinha de cabeceira havia uma vela decorativa que ele devia ter acendido enquanto eu estava lá embaixo. Ficamos os dois ali de pé, sem dizer nada. Jean-Lino voltou a balançar os braços e a projetar o pescoço à frente. O que estávamos esperando?! Passado um tempo, ele disse, você é católica, Elisabeth?

— Não sou nada.

Abriu a mão. Estava segurando uma correntinha com uma medalha dourada da Virgem.

— Eu queria pôr isso aqui nela.
— Então ponha.
— Não consigo abrir o fecho.
— Me dá aqui.

Uns elos da corrente tinham se enroscado no gancho.
— Isso vai levar horas — falei.

Ele arrancou o colar da minha mão e ficou tentando ajeitar, mas sem o menor jeito.

— A gente não tem tempo para isso.

Ele já não escutava. Estava debruçado sobre a corrente, as mãos a dois milímetros dos óculos, numa postura de crustáceo, com a boca cheia de ódio.

— Mas o que é que você está fazendo, Jean-Lino?

Parecia fora de si. Fiquei tentando abrir suas mãos, e acabei batendo nele.

— Eu queria fazer alguma coisa!
— O que você quer fazer?
— Um ritual...
— E que tipo de ritual você quer fazer...? Você já acendeu uma vela, ótimo.
— Falei o início do *shemá*.
— O que é isso?
— A reza judaica.
— Pronto.
— Mas Lydie é católica.
— Não sabia.
— Ela acreditava em outras coisas também, mas queria continuar sendo católica.
— Então faz o sinal da cruz!
— Eu não sei fazer.
— Vamos logo enfiá-la na mala, Jean-Lino!
— Vamos. Já não estou falando coisa com coisa.

Fui para perto dos pés. Jean-Lino passou os braços por baixo dos ombros de Lydie. Disse, primeiro a gente precisa deixar ela de lado, com as pernas dobradas, para depois enfiar na mala. Gostei de vê-lo com uma atitude mais técnica, sem perder tempo. Eu nunca tinha manipulado um cadáver. Tocado, beijado, sim. Mas não manipulado. Ela não estava de meia-calça, então o contato direto com a pele me impressionou pela tepidez. Não foi difícil botá-la de lado. Ela meio que rolou de bruços e ficou esticada, como se zombasse da gente. Antes de enfiá-la na mala, precisávamos curvá-la. Senti que Jean-Lino queria cuidar pessoalmente dessa parte. Contornou a mala, ergueu as coxas dela e puxou-as à frente para que os joelhos dobrassem. Depois segurou a cintura para que também se dobrasse. Por último, curvou a parte superior do corpo. Tudo com rapidez e delicadeza. Lydie se submetia amavelmente, com seu lenço e seu rosto sereno de mulher do campo. No fim das contas, parecia uma menininha dormindo na cama em posição fetal. Percebi que Jean-Lino não estava à vontade com a tarefa de empurrá-la para a mala. Ofereci ajuda, pensando em segurá-la um pouco para evitar uma queda muito brusca. Ela caiu dentro da mala toda desgrenhada e troncha. Tivemos que arrumá-la um pouco e enfiar para dentro tudo que tinha se esparramado para fora. O aspecto de serenidade infantil tinha desaparecido. Lydie estava espremida e deformada. O cabelo cacheado escapava pelo lenço, num amontoado estranho sobre a lona vermelha. Tivemos que tirar seus sapatos e encaixá-los nas frestas. Vi que Jean-Lino estava sofrendo. Decidi me encarregar de fechar o zíper. Mas, para afivelar as alças, alguém tinha que sentar em cima da mala. Eu que sentei. Senti a consistência mole do corpo ceder sob meu traseiro. Disse, me ajuda. Ele pegou a outra alça e puxou.

— Que horror.

— Ela está morta, Jean-Lino, não sente nada.

A mala não fechava. Restava uma abertura em um dos lados. Jean-Lino sentou em cima também. Levantei para me jogar de novo, de bunda, com a maior força possível, e Jean-Lino fez o mesmo, a gente ficou levantando para depois sentar com toda força, ganhando uns centimetrozinhos no zíper a cada vez. Por fim, deitei de corpo inteiro sobre a mala,

Jean-Lino deitou no sentido contrário, e nós dois ficamos nos espremendo em cima das protuberâncias, feito dois rolos de abrir massa. Quando o zíper finalmente fechou todo, estávamos exaustos. Jean-Lino levantou antes de mim. Achatou e alisou sua mecha de cabelo dez vezes seguidas. Agora só falta a bolsa e o casaco, ele disse, pondo os óculos. Segui-o até a sala. A bolsa de Lydie estava no chão, toda aberta junto à escrivaninha. Dei uma olhada rápida no bloco de notas ao lado do computador. Consegui identificar as palavras *úlceras* e *canibalismo*, seguidas do número *25.000*, depois uma seta e as seguintes palavras, sublinhadas, *Vida e morte de um pássaro. Manipulações estilo Frankenstein. Sofrimento inscrito em seus genes*. A caneta estava pousada na transversal. O abajur cor de açafrão estava aceso. Nunca tinha visto a letra dela. Aquelas palavras, ligeiramente inclinadas, um memorando, me fizeram sentir a existência de Lydie mais do que qualquer outro instante de sua presença física. O gesto de anotá-las, as palavras em si e seu destino desconhecido. E, ainda mais misteriosa, a palavra *pássaro*. A palavra pássaro aplicada às galinhas. Jean-Lino, agachado, examinava o que havia na bolsa. Pegou o celular que estava na mesa e botou dentro dela. Eduardo tinha se aproximado e olhava também. Fui tomada por uma angústia terrível. Não entendia mais nada do que estávamos fazendo. Me vi umas horas antes, no mesmo lugar, segurando uma cadeira e assinando a petição contra a trituração dos pintinhos. Lydie Gumbiner abrindo umas gavetas em busca de coisas para me dar. A breve transição da vida à morte me pareceu algo vertiginoso. Uma ninharia. Jean-Lino abriu um armário e pegou o casaco verde que eu conhecia bem. Um modelo comprido, de estilo russo, justo na cintura e mais aberto na parte de baixo. Eu costumava vê-la pela janela dando uns passinhos apressados no estacionamento, com esse casaco e umas botinhas. Todo inverno eu via ressurgir o casacão, que marcava a passagem do tempo em Deuil-l'Alouette. Eu usava um casaco que ia até o pé na época em que estava na moda usar esses casacos compridões. Nunca me senti totalmente à vontade com ele. Um dia, na escada rolante da Galeries Lafayette, a barra do casaco ficou presa entre dois degraus. O mecanismo engasgou na mesma hora, e a escada parou. Fiquei lá esperando com meu casaco que alguém viesse me soltar, e em nenhum momento tive a ideia de tirá-lo. Jean-Lino foi de novo até o quarto. Ouvi uma pancada e depois o barulho de rodinhas pelo corredor. Vi surgir no vão minha mala vermelha. Inflada, monstruosa, com o puxador levantado no máximo.

Quando perguntam a Etienne sobre sua vista, ele responde, *está tudo sob controle*. É uma expressão que herdou do pai, que era chefe de polícia. Sempre o ouvi dizer isso, está sob controle, inclusive quando as coisas não estão nada bem. Por sinal, sua vista não está nada sob controle, pois ele sofre de degeneração macular seca, conhecida como a pior, para a qual, ao contrário da úmida, as injeções de nada servem. Não ficamos toda hora pedindo notícias a Etienne sobre sua vista. Não queremos que se torne um tema de conversa. Por outro lado, não dá para ignorar completamente. É um equilíbrio sutil entre discrição e intromissão. Quando estava sozinho em casa no fim de semana passado, Etienne achou que podia ajustar intuitivamente, sem óculos nem lanterna, o termostato da calefação. Girou o botão no sentido errado. Quando Merle voltou, a casa parecia um forno ligado no máximo. Está tudo sob controle tem o mérito de encerrar um capítulo que mal começou. A frase não condiz em nada com a realidade, nem mesmo com o estado de espírito de quem a pronuncia. É um tipo bem prático de prontidão existencial. Além de ser curiosa. O corpo faz o que bem entende, as células se comportam a seu bel-prazer. No fim das contas, o que é sério? Recentemente lembramos de um episódio da época em que o filho mais velho deles ainda estava no ensino médio. Merle e Etienne receberam uma notificação do diretor dizendo que Paul Dienesmann havia se comportado muito mal em Auschwitz. Etienne chamou o filho e, sentado, com a cara séria, disse — a gente ri disso até hoje —, bom, parece que você se comportou muito mal em Auschwitz. Depois de informações mais detalhadas, tudo indicava que Paul tinha feito umas palhaçadas no ônibus que os levava de Cracóvia a Birkenau, criando entre os amigos um clima incompatível com a lembrança e a contemplação. Tomei birra da palavra contemplação. Da ideia também. Virou moda desde que o mundo mergulhou num caos indescritível. Políticos e cidadãos (outra palavra incrivelmente vazia) passam o tempo contemplando. Eu gostava mais de antigamente, quando traziam a cabeça do inimigo fincada na ponta de uma lança. Nem a virtude é séria. Hoje de manhã, antes de ir para o Pasteur, liguei para o asilo, pois queria saber da tia de Jean-Lino. Terminada a conversa, pensei, você realmente é uma pessoa atenciosa, que se preocupa com os outros. Dois segundos depois, disse a mim mesma, que ridícula essa satisfação comigo mesma por um gesto tão banal. E, na mesma hora, que bom, você é vigilante consigo mesma, parabéns. Sempre aparece um grande congratulador que tem a última palavra. Quando Denner, ainda criança, terminava de se confessar, se detinha no adro da Saint-Joseph des Épinettes, respirava fundo e dizia para si, agora sou um santo. E logo depois, descendo os degraus, merda, pecado do orgulho. De um jeito ou de outro, a virtude não dura. Só pode existir quando não é percebida. Sinto saudade de Denner. Uma saudade súbita de um homem que já morreu faz trinta anos. Alguém que não chegou a conhecer nada da minha vida, minha profissão, meu marido, meu filho, onde moro, os lugares que visitei, nem meu rosto com o passar dos anos. Nem tantas outras coisas inimagináveis naquela época. Se ele aparecesse agora, a gente se acabaria de tanto rir. De tudo. Será que existe no céu, em algum lugar, uma estrelinha Denner? Sinto que a avisto de vez em quando. Joseph Denner era quatro anos mais velho que eu. Alto, musculoso, anarquista e alcoólico. O pai dele era cozinheiro. Aos catorze anos lavava pratos na estação de trem de Colmar. Ainda lembro disso porque Denner adorava contar essa história. Amava e admirava o pai, mas não a mãe, que segundo ele era uma mão de vaca pequeno-burguesa. Eles moravam em três quartinhos contíguos na rua Legendre, o banheiro também servia de cozinha e eles cobriam a banheira com uma tábua que fazia as vezes de bancada. Me lembro de uma sala minúscula, com uma claraboia, e atrás, separado por um portão dourado que ficava sempre fechado, era o quarto dos pais, também minúsculo. A bebida ficava num armário lá dentro. O topo do tal portão terminava em espiral, e sobrava uma abertura. Num contorcionismo sobrenatural, Denner deslizava na horizontal para roubar uísque. Tinha feito dois anos de serviço militar na Alemanha, num batalhão disciplinar. Vivia a duras penas tocando guitarra no Pax Quarter, um grupo meio católico que o mantinha por caridade. Ele acreditava em aventura, sonhávamos com alpinismo, com Machu Pichu enquanto entornávamos Carlsbergs no Pub Miquel, nunca íamos a lugar nenhum, tirando alguns passeios noturnos à beira-mar. Ele era suscetível e temperamental. Éramos todos mais novos do que ele, ninguém ousava contrariá-lo. Ainda tenho uns livros que eram dele, Boris Vian, Jean Genet, Dino Buzzati. Ele adorava. Sempre os guardei separados, num canto, onde quer que eu morasse, ao lado dos livros de fotografia, a pequena coleção que tínhamos reunido, nós dois, Robert Frank, André Kertesz, Cartier-Bresson, Garry Winogrand, Weegee, Sabine Weiss, Diane Arbus (a gente os surrupiava da livraria Péreire; numa loja de artigos de segunda mão, Denner tinha encontrado uma jaqueta de caça com um enorme bolso traseiro). Em algumas fotos de Garry Winogrand, as moças saem às ruas com bobes e lenço na cabeça. Isso lhes dá um ar de vulgaridade, de quem não está nem aí, muito sexy. Já tive minha fase de usar bobes. Sempre me interessei por tudo que envolvesse cabelo. Não podemos pensar no mundo nem mesmo nas pessoas de forma genérica. Só podemos saber das coisas que de fato tocamos. Todos os grandes acontecimentos alimentam o pensamento e o espírito, como o teatro. Mas não são os grandes acontecimentos nem as grandes ideias que nos fazem viver, e sim as coisas mais banais. Só conservei dentro de mim, de verdade, as coisas que estiveram ao alcance da mão, que pude tocar com as mãos. Está tudo sob controle.

Jean-Lino...? A mala tinha avançado sozinha até o vestíbulo. Silêncio. Fui lá ver. Jean-Lino estava no corredor, como uma espécie de sombra chinesa sob a luz do quarto. Está tudo bem?
— Elisabeth...
— Assim você me assusta.
— Se por acaso me acontecer alguma coisa, você não veio de novo ao meu apartamento. Não sabe de nada.
— Está bem.
— E a mala é minha.
— Está bem.

Ele vestiu a jaqueta de couro da Zara e pôs o chapéu que usava para ir às corridas. Botou a bolsa e o casaco por cima da mala.

— O assaltante com certeza teria levado a carteira...
— Verdade. Vou me livrar dela... Ah, um segundo...

Ele foi de novo até o quarto e voltou com um par de luvas de pele de carneiro.

— Vamos lá.

Saímos do apartamento. Jean-Lino foi puxando a carga. Ficamos alguns segundos no hall sem nos mexer, para garantir que não ouvíamos nada. Apertei o botão do elevador. Na verdade, ele ainda estava no andar. Empurramos a mala para dentro. Jean-Lino abriu a porta da escada. Nenhum barulho. Combinamos, aos sussurros, que eu esperaria um pouco antes de descer, para que chegássemos juntos ao saguão do prédio. Ele acendeu a luz do hall e foi logo descendo. Entrei no elevador, deixando a porta entreaberta. A cabine é muito estreita, me sobrava pouco espaço. O casaco verde caiu no chão, eu o peguei e enfiei entre as barras do puxador da mala. Tentei prender a bolsa nas barras do puxador, mas não deu certo. Deixei a porta fechar sozinha e apertei o botão do térreo. Olhei para os meus pés, a calça xadrez de pijama, a pantufa de pelo sintético. Estava descendo quatro andares sozinha com um cadáver. Nada de pânico. Me senti supercorajosa. Fiquei orgulhosa de mim. Pensei, você teria se dado bem no Exército das sombras ou no serviço secreto francês. Olha só pra você, Elisabeth. Térreo. Jean-Lino já estava lá. Ofegante e absorto. Admirável ele também. Pegou a mala. O casaco caiu de novo no chão, e voltei a pegá-lo. Fiquei segurando a bolsa e o casaco. As rodinhas faziam um barulho irritante no chão de ladrilhos. O carro estava parado logo em frente. Eu conseguia vê-lo, atrás da mureta de pedra. Analisei o trajeto, contornando o matagal.

Apertei o botão que abria a porta do prédio, e Jean-Lino a empurrou, enfiando a mala na fresta da porta. Ouvimos o som de um carro arrancando na rua. Em seguida, um barulhinho vindo do lado de fora, um ruído úmido de salto alto sobre um piso molhado, e vimos surgir pela direita, de cabeça baixa para escapar do vento, a mocinha do segundo andar, que voltava de alguma noitada. Jean-Lino se afastou para deixá-la entrar. Ela nos deu boa-noite, e nós retribuímos. Então ela se enfiou no elevador que a esperava.

O que essa idiota pode ter registrado? Tudo. A desengonçada do quarto andar segurando um casaco e uma bolsa, de pantufa e pijama da Hello Kitty, com o cara do quinto andar, de chapéu de feltro e luva, empurrando uma enorme mala vermelha. Os dois a caminho de deus sabe onde, às três da manhã. Tudo. No momento em que cruza com a moça, Jean-Lino quer fingir que não está acontecendo nada de estranho, como se esse encontro dos mais banais não devesse acarretar nenhuma mudança de percurso. Depois de se afastar para deixá-la passar, ele volta a conduzir a mala para a saída. Já havia percorrido uns cinco metros do lado de fora, quando me agarro a ele. Ela viu a gente!

— O que é que ela viu?
— Nós dois. Com a mala!
— Mas a gente tem direito de sair com uma mala.

Começa a chuviscar de novo. Uma garoa insuportável.

— Não hoje. Essa noite você tinha que estar em casa!

Percebo que está ficando nervoso. Com uns puxões, tenta arrastar a mala, mas eu o impeço.

— Quem vai perguntar alguma coisa pra moça?
— A polícia!
— E por que iriam falar com ela?

Eu enlaço o casaco nas barras do puxador e puxo a mala para levá-la de volta para dentro. Ele tenta me impedir.

— Porque vai ter uma investigação! Vão interrogar os vizinhos.

— Volta para casa, Elisabeth. Eu me viro.

— Ela me viu também! Nosso plano foi por água abaixo!

— Então o que é que a gente faz?!

Está assustado.

— Primeiro vamos entrar no prédio.

— Ela ferrou com tudo, essa vagabunda?!

Ele começa a gritar. Perde a compostura.

— Vou acabar com ela!

— Jean-Lino, vamos entrar...

Ele se rende. Seguro o puxador retrátil e arrasto a mala. O casaco escorrega, a mala passa por cima, me detém e quase me faz tropeçar. Essa merda desse casaco que cai no chão toda hora! Voltamos ao saguão. O casaco está nojento. Tudo está molhado. Jean-Lino, que não tem mais nada nas mãos, parece estar disfarçado de caçador. Tira um maço esmagado de dentro da jaqueta e acende um cigarro. Então fala, o que essa vagabunda estava fazendo na rua tão tarde?

— A gente não pode ficar plantado aqui.

— Vamos calar a boca dessa vaca.

— Vamos ali para a escada, para pensar um pouco.

Arrastei a mala até a parede do fundo e a pus no canto, ao lado da porta de serviço.

— Vem aqui para a escada, Jean-Lino.

Agarrei o braço dele pelo couro da jaqueta e o empurrei até a escada. Ele se deixou levar por dois ou três passos, com as pernas duras feito um robô. Sentei nos primeiros degraus, bem no lugar onde ele tinha desmoronado diante de Rémi. Jean-Lino tragava fundo o cigarro, com seu movimento habitual da boca, sem tirar os olhos da mala. Passado um tempo, se aproximou dela, titubeante. Acariciou a parte de cima com sua luva de pele de carneiro. Da esquerda para a direita, várias vezes seguidas, como um poema mudo. Depois, caiu de joelhos, gemendo. De braços abertos, ficou abraçando a mala de ambos os lados, com o rosto colado na lona. Lançava uns beijos distorcidos no ar. Estávamos separados pelo batente da porta. A imagem assumia toda sua dimensão naquele enquadramento limitado. Abismo e *nonsense*. Por que não tinha aparecido uma simples mão para deter a moça? Um empurrãozinho do céu que atrasasse em um minuto sua volta para casa, o trajeto de carro, uma frase a mais? Em vez de deixar à própria sorte, no saguão gelado, Jean-Lino Manoscrivi, o mais doce dos homens, e Lydie Gumbiner, pequena e toda amassada em seu traje de festa. Que sorte têm aqueles que pensam que a vida faz parte de um todo ordenado.

Fiquei com frio. Cobri as pernas com o casaco verde. Jean-Lino tinha largado a mala. Estava no chão, sentado sobre os joelhos, cabisbaixo, as mãos na nuca. Esperei. Depois fui até lá. Envolvi seus ombros, para levantá-lo. Peguei o chapéu e os óculos que haviam caído no chão. Nos encaminhamos para os degraus, e sentamos onde eu estava antes, ou seja, a uma distância de dois metros. Jean-Lino logo se levantou para recuperar a mala, que quase não passava pela porta e ocupava todo o espaço debaixo da escada. Estávamos os três apertados, e eu tinha posto o casaco de novo sobre nós, como proteção. Me lembrou das cabanas que a gente faz quando é criança. Levamos tudo que é nosso, o teto, as paredes, os objetos, os corpos, e o espaço precisa ser o mais apertado possível. O mundo exterior só é visível através de uma fenda, enquanto do lado de fora rebentam a tempestade e a tormenta.

Ele estava com vontade de ir ao banheiro. Foi a primeira frase que disse, preciso mijar.

— Vai lá fora.

Não se mexia.

— Bebi demais. Estou parecendo um idiota.

— Vai lá, Jean-Lino, que eu fico aqui.

A luz da escada se apagou. Ficamos um tempinho no escuro. Fui lá acender. Nunca tinha visto o saguão com aquela luminosidade, nem tinha parado para observar os detalhes. A grade de ventilação, o rodapé encardido. Um purgatório lamentável. Lembrei do trecho de um livro de Bill Bryson, *Nenhum aposento, ao longo da história, decaiu tanto quanto o saguão*. Jean-Lino saiu do prédio, não sei para onde, e enquanto isso fiquei com a mala. Vesti o casaco, que era apertado demais para mim, as mangas chegavam à metade do meu braço e eu não conseguia abotoá-lo. Era mais ou menos da cor do carpete. Fiquei pensando no que fazer. Subir de novo e pôr Lydie na cama, como se nada tivesse acontecido. Reaver a mala e voltar para minha casa enquanto Jean-Lino chamava a polícia. Não adiantava. A moça do segundo andar tinha visto nós dois juntos. Independentemente do conteúdo da mala, Jean-Lino tinha saído de casa depois de estrangular a esposa e eu estava metida na história. Fiquei repassando a sequência dos acontecimentos. Jean-Lino desceu até o nosso apartamento. Nos informou sobre a catástrofe. Ficamos incrédulos. Pierre e eu subimos para ver o corpo de Lydie. Pierre me obrigou a descer e não me envolver com aquilo. Jean-Lino tinha matado a esposa. Não tínhamos nada a ver com a história. Ele precisava ligar para a polícia e se entregar. Pierre foi dormir. Eu subi de novo. E se não tivesse subido? E se, em vez de subir, eu tivesse ficado em casa, tomada de ansiedade (e curiosidade), espreitando pelas janelas e pelo olho mágico qualquer sinal de movimento? Por que pelo olho mágico? Por medo de uma reação tresloucada de Jean-Lino Manoscrivi? Não. Não. Simplesmente porque não queria ficar colada à janela. Observava pelo olho mágico, de vez em quando, para não perder nada que acontecesse do lado de fora. E foi assim que... E foi assim que vi o botão do elevador piscar. Abri a porta e ouvi o barulho de alguém trotando pela escada. Chamei meu amigo Jean-Lino. Agarrei minha chave e saí descendo a escada também às pressas. Cheguei bem na hora em que ele arrastava uma grande mala vermelha até a saída... Supliquei que não fizesse aquela bobagem. A vizinha do segundo andar entrou no prédio... Bom, o fato é que eu estava de pantufa e pijama, sem a menor pinta de quem estaria prestes a sair na noite chuvosa... Era crível. Fazia sentido. Também poderia fazer sentido para Pierre. Não. Ele conhecia a mala. Conhecia a mala de trás pra frente. Inclusive a mala meio que era dele. Como explicar a Pierre o que a mala vermelha estava fazendo ali? Sem falar do conteúdo. Eu teria emprestado a mala aos Manoscrivi para uma viagem que fariam? Ou para transportar umas coisas? Isso, isso: eu teria emprestado para que levassem umas coisas até o consultório. Sem comunicá-lo? Mas claro. Não tenho que consultar meu marido sobre o empréstimo de uma mala. Ou melhor... Melhor ainda: nós não estávamos sabendo de nada. Jean-Lino nunca desceu até nossa casa, e nós nunca subimos até a dele. Eu tinha dado uma festa. Desço para jogar o lixo fora e dou de cara com quem, no momento em que estou atravessando o saguão? Com Jean-Lino Manoscrivi! Ele está puxando a mala vermelha que eu havia emprestado para Lydie... Não me preocupo com o conteúdo da mala? Não. Jean-Lino me diz que vai colocá-la no porta-malas do carro para o dia seguinte. A vizinha do segundo andar está voltando para casa.

Ela nos vê quando estamos quase saindo... Eu não. Não estou de saída, estou ali por coincidência e acompanho meu amigo até a porta. Uma coisinha à toa. Só preciso falar com Pierre o quanto antes. Ele vai entender que é do nosso interesse.

Jean-Lino voltou. Ouvi o barulho da porta do prédio. Reconheci seus passos. Sentou do meu lado. A cabeça estava encharcada, pois não tinha levado o chapéu. A chuva devia ter apertado muito. A mecha dele estava grudada na testa, meio rebelde. Ele perguntou, qual é o plano?

— A gente pode subir de novo...

Como dizer que eu estava a ponto de abandoná-lo daquele jeito?

— ... mas não adianta nada, porque nunca vamos poder explicar o que nós dois estávamos fazendo aqui no saguão.

Ele havia tirado as luvas (elas saíam dos bolsos laterais da jaqueta feito duas orelhas enrugadas). Curvado nos degraus da escada, raspava o tecido vermelho da mala, formando curvas obscuras com o dedo. Suas bochechas esburacadas reluziam. Achei que fosse a chuva, mas ele estava chorando. Quando Jean-Lino era criança, seu pai às vezes pegava, depois do jantar, o livro dos Salmos e lia uma passagem em voz alta. A fita que marcava as páginas abria sempre no mesmo ponto. O pai dele nunca tinha a ideia de mudá-la de lugar, e assim lia sempre o mesmo versículo, sobre o exílio. *Junto aos rios da Babilônia nos sentamos e choramos com saudade de Sião*. Jean-Lino se lembrava do livro, de seu tom avermelhado, da fita meio desfiada e principalmente da gravura na capa: pessoas de aspecto apático, seminuas, esparramadas umas sobre as outras à beira de um riacho de águas mornas, com uma harpa pendurada no galho de uma árvore. Ele me contou que nunca tinha feito a conexão entre o versículo e a imagem. Quando o pai pronunciava aquelas palavras, Jean-Lino ouvia o rugido de vários rios, imaginava o choque e o estrondo de troncos de madeira sob um céu devastado. Quanto a sentar e chorar, para ele significava estar em posição de espera, ensimesmado e sozinho. Não tinha recebido nenhuma formação religiosa. Os Manoscrivi respeitavam algumas datas festivas com a família de sua mãe, mas era principalmente para comer carpas recheadas. Jean-Lino não entendia nada dos versículos que o pai lia (nem o próprio pai, segundo ele), mas gostava de ouvir frases que vinham do passado. Sentia que participava da história da humanidade, mesmo no fundo do pátio da avenida Parmentier, e se identificava com os que viviam se deslocando, com os apátridas. O que aquela idiota do segundo andar realmente teria registrado? Repassei a cena na cabeça. Me vi junto à porta de vidro, atrás de Jean-Lino, segurando a bolsa e o casaco. Segurando a bolsa e o casaco! Segurando a bolsa de Lydie e o casacão verde que todos os vizinhos conhecem... Precisava esquecer a versão em que eu teria ido jogar o lixo fora. Voltar à narrativa anterior. Pois é, eu estava segurando a bolsa e o casaco. Tinha arrancado as duas coisas das mãos de Jean-Lino para impedi-lo de cometer uma loucura. Jean-Lino, murmurei, a gente precisa chamar a polícia.

— Sim.

— Tive uma ideia, pensei no que podemos falar para explicar minha presença...

— Sim...

Detalhei a história. O empréstimo da mala para Lydie, a ida dele à nossa casa, desamparado, nossa ida à casa dele para constatar a morte, minha espreita, o olho mágico, minhas súplicas no saguão. Ele não esboçava nenhuma reação, não estava nem aí. Fiquei irritada por ele não estar nem aí para me tirar daquela enrascada. Ele mata a mulher, eu faço de tudo para ajudar e agora que foi tudo por água abaixo ele estava pouco se lixando? Eu o sacudi, você está me ouvindo, Jean-Lino? Agora não se trata mais de você, se trata de mim. É importante que a gente dê a mesma versão do que aconteceu.

— É, é importante...

Ele vasculha o bolso da frente, tira uns ingressos e umas bolas de papel-alumínio colorido. Tem também um quadrado transparente de adesivos de setas, que ele joga no chão com todo o resto.

— Você pode repetir o que eu acabei de dizer? O que é que eu digo quando chego no saguão e vejo você com toda aquela tralha?

— Você arranca das minhas mãos a bolsa e o casaco...

— E...?

— Aí você diz, você está louco...

— Não, eu não falo de primeira você está louco, primeiro eu digo: o que você está fazendo? O que é que tem nessa mala?!

Ele olha para o chão, para os restos de papel.

— É...

— Você está me ouvindo, Jean-Lino?

— Você fala o que é que tem nessa mala...

— E depois eu digo, você está louco, não faça isso!

— Isso, isso, claro, Elisabeth, eu vou te livrar dessa, lógico...

Ele sacode a cabeça, o tique da boca voltou com tudo. Nada capaz de me tranquilizar.

— Você está com seu celular aí?

— Não.

Abro a bolsa de Lydie e pego o telefone.

— Podemos usar este aqui...

— Para quê?

— Para chamar a polícia.

Ele fica olhando o telefone. Um Android de capa amarela, com um pingente para celular que termina com uma pena. Na mesma hora me arrependo da minha brutalidade. Tudo saiu do controle. Queria ter dado ouvidos a Pierre, não ter saído do nosso apartamento. Jean-Lino parece estar no mundo da lua. Continua em silêncio e depois diz, com uma voz débil, nunca vou conhecer o laboratório dos mosquitos.

— Um dia você vai, sim.

— Quando?

— Quando você voltar.

Ele dá de ombros. Eu tinha prometido que o levaria ao Pasteur, para que visitasse o museu, mas especialmente o insetário. Jean-Lino queria ver os lugares mágicos do conhecimento. Ir aos lugares onde se aprende sobre a vida. No Guli, ele definhava em meio às prateleiras onde ficavam empilhadas enormes bestas frias. Máquinas de lavar, coifas, fogões, geladeiras que não lhe diziam nada. Sonhava em ser apresentado ao mundo das coisas vivas, perigosas. Eu tinha contado para ele do insetário, um lugar muito quente, com várias salas, no subsolo, onde vivem centenas de larvas em bacias brancas e outras centenas de mosquitos do mundo inteiro em caixas fechadas com pedaços de tule. Um lugar meio laboratório, meio lavanderia, com uma profusão de bricabraques e uma máquina de costura para os tules. Tinha contado a ele que a gente alimentava as larvas com ração de gato, que os machos adultos só devoravam doces e não picavam. As fêmeas, por sua vez, expliquei, picavam e se empanturravam a cada três dias com o sangue de um pobre rato que era jogado na caixa delas. Jean-Lino tinha exclamado, não fala nada para Lydie! Expliquei que anestesiavam o rato, mas ele não me ouvia. Na verdade, Jean-Lino não queria compartilhar o privilégio de sua visita ao antro dos culicídeos.

— Devíamos ter ido antes.
— Ainda vamos.
— Você não vai estar mais no Pasteur.
— Sempre vou poder entrar lá.
— Não vamos estar vivos.
— Bom, já chega. Não podemos passar a noite toda aqui. Qual é o número da polícia? 17?

Eu tinha pegado de novo o celular de Lydie. Fui direto para o modo emergência. Eduardo!, gritou Jean-Lino.

É claro que o assunto ia surgir. Não dava para se esquivar do tema Eduardo para o resto da vida.

— Eduardo vai receber todo cuidado...
— De quem? Da sociedade protetora dos animais, não, não, não, isso de jeito nenhum! Ele ainda por cima está doente!
— A gente fica com ele.
— Vocês nem gostam dele!
— Vamos cuidar dele. E, se não ficar feliz lá em casa, podemos deixar com alguém que goste de gato.
— Vocês não vão saber cuidar dele!

Apoiei o celular em cima da mala, me levantei e tentei tirar o casaco.

— O que você está fazendo?
— Estou indo embora.

Ele levantou.

— Vamos lá deixar ele na sua casa.

Ele estava com as bochechas vermelhas e os olhos arregalados por trás da armação amarela. Entendi que não adiantava discutir. Então vamos logo, falei. Fechamos a porta, para não deixar a mala à vista (de quem, às três da manhã?) e subimos a escada saltando os degraus. Já em casa, Jean-Lino se enfiou no quartinho e saiu de lá trazendo uma sacola de viagem, de lona. Fomos até a cozinha. Ele pôs na sacola um pacote de ração e explicou que não era aquela que dava diarreia, segundo ele o gato estava praticamente curado, ou pelo menos estava se recuperando, ainda faltavam dois dias de tratamento, podíamos esquecer a levedura e os comprimidos anticálculos, mas não o Revigor 200. Ele pôs na sacola a prescrição com as coordenadas do veterinário. Tirou de um armário o difusor Feliway e o pôs também na sacola, para substituir, disse ele enquanto íamos para a sala, os feromônios faciais e ajudar o gato a se sentir seguro no novo ambiente. Eu só entendia metade do que ele dizia. Na sala, ficou reunindo brinquedinhos, bolas, ratos de mentira, e começou a girar em torno de si mesmo até avistar uma varinha comprida, em cuja ponta havia uma cauda imitando pele de leopardo e mais umas plumas. Ele adora a vara de pescar, disse Jean-Lino, jogando tudo dentro da sacola. É um caçador, vocês precisam brincar com ele pelo menos três vezes por dia, ordenou, voltando para a cozinha. Você pode pegar a caixa de areia? Fiz o que ele pediu. Eduardo estava rondando as pernas de Jean-Lino, que então o pegou no colo. De repente olhei para a mesa, então disse, espera! O cigarro que eu tinha fumado estava no cinzeiro! O cigarro comprido, que eu mal fumei. Já tinha visto muito *CSI* na vida para cometer aquele deslize fatídico. Pus a guimba no bolso do casaco e olhei em volta para ver se não tinha deixado mais nenhum rastro. Eduardo começou a miar, exibindo seus dentes de felino. Descemos a escada, Jean-Lino à frente, eu atrás. Abri a porta de casa. Silêncio total. Deixei a caixa de areia na cozinha. Fechei a porta do corredor que dá para o quarto. Na entrada, Jean-Lino pôs Eduardo e a sacola de viagem no chão. Achou uma tomada na parede, onde imediatamente enfiou o difusor Feliway. Ficou de quatro, por sua vez, o torso espremido na jaqueta de couro, pegou nas mãos o focinho do gato e lhe sussurrou umas palavras, esfregando o nariz contra o pelo do bicho. Eu o apressei, apavorada com a possibilidade de Pierre aparecer. Por um momento pensei em trocar de sapato, mas logo descartei a ideia, considerando que a imbecilidade poderia ser fatal. Na hora de ir embora, Jean-Lino tirou da sacola uma camiseta que devia ser dele e a jogou no chão, à frente de Eduardo, como se fosse um pano.

Voltamos à escada. Ele se deixava cair a cada degrau, feito um sonâmbulo. Estava completamente sem energia. Ao chegarmos no térreo, sentamos de novo no mesmo lugar. Peguei mais uma vez o celular de Lydie e, embora já não compreendesse grande coisa da situação, falei, Jean-Lino, você precisa fazer isso. Para completar, a bateria está quase acabando.

— Pra onde eu ia com a mala...?
— Pra lugar nenhum! Você não ia a lugar nenhum. Você nem sabe por que botou ela dentro da mala. Você teve um acesso de loucura.
— Um acesso de loucura...

Disquei o número 17 e entreguei o celular para ele. Uma voz gravada disse, você ligou para a central de emergência da polícia, e logo veio uma mensagem daquelas que deixa qualquer um angustiado. Depois começou a tocar. Tocava, tocava e nada. Jean-Lino desligou.

— Ninguém atende.
— Impossível. Liga de novo.
— O que é que eu falo...? Eu matei minha mulher?
— Não fala eu matei minha mulher, assim tão direto.

— Então o que eu tenho que falar?

— Elabora um pouco melhor. Fala assim, estou ligando porque acabei de fazer uma bobagem...

Ele volta a ligar. De novo a mesma mensagem. Esta conversa está sendo gravada, qualquer uso indevido será punido. Uma mulher de verdade atende logo em seguida. Central de emergência da polícia, como posso ajudar? Jean-Lino me encara apavorado. Esboço um daqueles gestos que supostamente deveria tranquilizar o interlocutor. Totalmente encolhido sobre si mesmo, a cabeça na altura dos joelhos, Jean-Lino diz, estou ligando porque fiz uma bobagem...

— Que bobagem?

— Cometi um assassinato...

— Onde o senhor se encontra?

— Em Deuil-l'Alouette.

— O senhor sabe o endereço daí?

Jean-Lino responde em voz baixa. A moça o faz repetir o nome da rua. Pergunta se é o endereço de sua casa. Ela parece calma e gentil.

— O senhor está em alguma via pública ou está dentro de algum prédio?

Por trás de sua voz dá para ouvir o barulho de um teclado.

— Estou no saguão.

— No saguão do seu prédio?

— Isso.

— Tem um interfone?

— Já nem lembro...

— O senhor está sozinho?

Jean-Lino se apruma. Pânico. Faço sinal para ele mencionar minha presença.

— Não...

— Com quem o senhor está?
Bem baixinho, falo *vi-zi-nha*.
— Com minha vizinha.
— Só com uma pessoa?
— Sim.
— Senhor, o que foi que aconteceu...?
— Eu matei minha mulher...
— É...?

Ele se vira para mim. Não me ocorre nada para lhe soprar.

— E agora onde está sua mulher? Ela está com o senhor?

Ele tenta responder, mas não sai nenhum som. Seu lábio inferior voltou a tremer, num latejar contínuo. Parece o assoalho bucal de um batráquio.

— Como o senhor se chama?
— Jean-Lino Manoscrivi.
— Jean... Lino...?
— Isso...
— O senhor está armado?
— Não. Não, não.
— Sua vizinha também não?
— Não.
— O senhor consumiu álcool ou drogas?
— Não...

Ele vê a mímica que eu faço imitando o gesto de beber um pouco entre amigos.

— Um pouco de álcool.
— O senhor está sob tratamento associado a algum problema psiquiátrico?

A chamada é interrompida. Acabou a bateria. Jean-Lino ficou olhando para a tela preta. Fechou a tampa e estendeu o pingente sobre o plástico amarelo para endireitar a pena. Botei meus braços em torno dos ombros dele. Jean-Lino pôs de novo o chapéu. Estávamos num canto de uma estação de trem, esperando. Com o casaco comprido e apertado demais, minha pantufa de pelo sintético e a mala. Dois ciganos em trânsito. Prontos a embarcar para sei lá onde. Ele disse, a moça era legal. Eu disse, sim, ela era legal. E ele, o que vai ser da minha tia sem mim? Ela só tem a mim.

Não ter ninguém. Os personagens do *The Americans* dão a impressão de não ter ninguém. É o que os constitui. Eles existem à margem de estradas, bancos, salas, em busca de algo que nunca encontrarão. De vez em quando ganham um brilho sob uma luz fugaz. Não têm ninguém. O testemunha de Jeová não tem ninguém. Anda pelas ruas com sua pasta recheada de revistas, pasta que lhe confere um aspecto de homem e faz as vezes de destino. Quando a pessoa cresce com a ideia de que não tem ninguém, é difícil voltar atrás. Mesmo que alguém a pegue pela mão e a proteja, a coisa não acontece de verdade. Nos domingos e feriados, na avenida Parmentier, os pais de Jean-Lino o mandavam para o pátio. Ele ia arrastado. Agachado na calçada, cavava buracos nos lugares onde brotava grama. Ficava brincando com as pecinhas que o relojoeiro descartava. Não havia outras crianças. Não ter ninguém é não ter nem a si mesmo. Alguém que nos ama nos entrega um certificado de existência (ou de consistência). Quando nos sentimos sozinhos, não podemos existir sem uma certa fábula social. Aos doze anos, eu esperava que o amor fosse me devolver minha identidade perdida (aquela que supostamente tínhamos antes de Zeus nos dividir ao meio), mas, diante da incerteza de tal advento, também apostava na fama e nas honrarias. Como era boa em ciências, me imaginava no futuro como pesquisadora: minha equipe descobria um tratamento revolucionário para curar a epilepsia e eu recebia uma medalha internacional, uma espécie de Nobel. Jeanne era minha empresária. Ela sentava na bicama com Rosa, a boneca que representava Thérèse Parmentolo, uma colega do ensino médio que sofria de epilepsia, e escutava meu discurso, aplaudindo de vez em quando. Depois, Thérèse Parmentolo (interpretada também por mim) vinha manifestar sua gratidão. Às vezes me pergunto se tudo que a gente acredita que é não vem de uma série de imitações e projeções. Embora eu não tenha virado pesquisadora e tenha me refugiado em algo mais seguro, ouço com frequência que consegui me libertar do meu meio ou escapar de minha condição. É uma idiotice. O que fiz foi só me livrar da falta de consistência. As pessoas ligam para a central de emergência da polícia para conversar, pois não têm mais ninguém, me disse certa vez um policial. É a maioria das ligações para o número 17. Tinha uma mulher que ligava para eles várias vezes por semana. Antes de desligar, ela dizia, transmita meu bom-dia a toda a equipe. Joseph Denner tocava em sua guitarra canções melancólicas para mim. Tocava *Céline*, de Hugues Aufray, tocava *Eleanor Rigby*, dos Beatles, que cantava meio monocórdio, com sua voz fraca e o sotaque ruim, sem compreender todas as palavras, *All the lonely people... Where do they all belong...* Eu era toda essa gente sem lar. Transmita meu bom-dia a toda a equipe. Como se ela fosse alguém para aquelas pessoas.

Jean-Lino repete, a gente podia ter levado o Rémi para ver os mosquitos. Pega o maço, desliza um cigarro direto para a boca. É um homem pequeno e frágil. O nariz comprido aponta para o chão, os óculos amarelos não combinam com o chapéu. Ainda éramos capazes de rir disso. A fumaça sobe pela mala e nos envolve. Envolve a pele esburacada, envolve os pensamentos, o mundo se torna uma imensa matéria vaporosa. Ouvimos barulhos de vozes vindo de fora, umas batidas no vidro. Me levantei. Passei pelo umbral da porta da escada. Estavam lá. Três caras esperando à porta do prédio. Acho que são eles, falei, e fui abrir. Entraram três homens, vestidos mais ou menos como Jean-Lino, mas sem a poesia. Polícia. Eles se dirigiram imediatamente a Jean-Lino, que tinha acabado de surgir no fundo do saguão. Havia tirado o chapéu, segurava-o com uma das mãos, e estava com o braço dobrado, numa posição constrangida. Você é o sr. Manoscrivi?, perguntou um dos oficiais.

— Sou...
— Foi o senhor que ligou para a polícia?
— Sim...

Em seguida chegaram uns policiais uniformizados. Uma mulher e dois caras, de quepe.

— Foi o senhor que matou sua mulher...? Onde ela está?
— Dentro da mala...

Ele apontou para a escada e alguns dos policiais foram dar uma olhada na mala.

— O senhor não se mexa. Vamos levá-lo à delegacia. A senhora também.

Fomos algemados. A mulher me apalpou o corpo todo e vasculhou os bolsos do casaco de Lydie. Tinha umas moedas, um lenço de tecido e a guimba do cigarro que eu havia fumado na casa de Jean-Lino. Meu Deus. Mas não, nada demais, pensei comigo mesma, você pode ter fumado ali na escada, enquanto esperava a polícia. Um dos policiais me disse, me acompanhe, senhora, vamos conversar um pouco. Me pegou pelo braço, pois ia me conduzir para fora do prédio. Falei, aonde estamos indo?

— Para a viatura.

— Posso trocar de roupa?
— Por ora, não.
A mulher estava falando pelo walkie-talkie. Ouvi «Entramos no saguão. O suspeito nos confirmou que matou a mulher. Ela estaria dentro de uma mala. Havia uma outra pessoa com ele. Interpelamos os dois indivíduos. Vamos voltar ao posto com os dois interpelados. Precisamos de um agente da polícia judiciária no local». Perguntei, nós vamos para onde?
— Para a delegacia.
— E nós dois vamos juntos? — falei, apontando para Jean-Lino.
O policial continuou me puxando pelo braço, sem responder.
— Mas estou de pantufa!
— Não tem problema. E assim a senhora não vai nem precisar tirar cadarço nenhum.
Já não conseguia ver Jean-Lino no meio daqueles homens.
— Chegando lá eu vou ficar junto com ele?
— Vamos, vamos, precisamos sair agora.
— Vou encontrá-lo daqui a pouco?
— Não sei de nada, minha senhora.
Ele estava perdendo a paciência. Gritei, com uma voz que nem reconheci, um lamento agudo que saiu depois de um esforço incomum e me fez mal, Jean-Lino, até já! O policial me virou, deslizou a mão pelo meu braço esquerdo e me conduziu para fora empurrando meu ombro. Pensei ter visto uma agitação entre os homens no fundo do saguão, pensei ter visto o rosto de Jean-Lino por um momento, e até ter escutado meu nome, mas não tenho certeza de nada. Fui andando, escoltada pelo agente, a cabeça baixa no estacionamento

úmido, a calça xadrez do pijama arrastando no chão, sem que eu pudesse fazer nada. A viatura da polícia estava bem na frente, estacionada transversalmente na rua. Ele me fez entrar pela porta traseira do lado direito e foi se sentar ao meu lado. Pegou uma caneta e um bloco de anotações. Perguntou meu nome, endereço, data e local de nascimento. Anotava tudo com cuidado e sem pressa. Em um terço da página, em branco contra um fundo preto, havia uma ilustração de chave com as palavras ETS BRUET, serralheiro & vidraceiro. Perguntei, quem vai avisar ao meu marido?

— A senhora ficará sob custódia e será informada de seus direitos.

Eu não entendia muito bem o que aquilo queria dizer. Nem mesmo a relação com Pierre, mas estava cansada demais para tentar compreender.

— Vocês têm alguma ligação com uma serralheria?

— Os caras nos dão esses blocos de graça e a gente divulga a empresa deles.

— Ah, sim...

— Na verdade, só trabalhamos com empresas licitadas, mas isso não impede que outras empresas nos enviem coisas o tempo todo...

— No caso de vocês, o vidraceiro serviria pra quê?

— Pra nada. É que as empresas fazem essas duas atividades. Elas nos dão também canetas e calendários... Os calendários são ótimos, porque funcionam também como bloco de anotações. É bem pensado!

Ele mexeu no bolso da camisa e tirou uma caneta Bic de três cores, com outro logo.

— Essa caneta aqui é de um concorrente... Não vou te dar, porque não adiantaria nada, já que na delegacia vão tirar todos os seus pertences.

— Essas empresas querem o quê? Ganhar uma licitação?
— Ah, não faço ideia. Eles ficam fazendo propaganda. Olha, tenho mais uma aqui... O objetivo é fazer publicidade... É bom para a gente, considerando que nossos recursos são iguais aos da polícia da Moldávia...

Adorei a tranquilidade daquele rapaz, sua indiferença diante da minha situação. Um jovem rechonchudo, da idade de Emmanuel, sem barba e de cabelo raspado. Tinha olhos claros, grandes e meio avermelhados. Me fez bem. Me senti tentada a deixar a cabeça cair em seu ombro. Pela janela, eu me esforçava para ver a entrada do prédio. O ângulo não era bom e o poste de luz atrapalhava. Ergui os olhos na direção da minha casa. Ainda havia uma luz acesa na casa dos Manoscrivi. Na minha, estava tudo apagado, mas dali eu não conseguia ver a janela do quarto, que dava para o outro lado do prédio. Pensei no gato escondido em algum canto e me perguntei onde poderia guardar os copos inúteis alinhados sobre o baú. Como explicar esse delírio dos copos? Depois de ter me tranquilizado a respeito das cadeiras, me vi correndo para pegar o ônibus e ir até a loja de departamentos, para comprar cinco caixas de taças, sendo duas de taças maiores, específicas para vinhos da Borgonha, e mais duas caixas de taças de champanhe, mesmo eu já tendo em casa as taças Élégance. Os copos que permaneciam à espera sobre uma toalhinha ridícula, copos de múltiplas finalidades, como se passássemos nosso tempo em meio a pessoas rígidas com questões de etiqueta, e a quem meu aburguesamento obrigava a agradar, copos que não teriam espaço em nenhum armário, sem contar os que se somariam a eles ao sair da máquina de lavar, tudo isso me atormentava, se condensava numa imagem monstruosa, formando uma massa de angústia. Enquanto examinava o estacionamento movimentado, pensei que aquilo era o delírio da preocupação e da ansiedade que ataca os velhos. Estressar-se por um problema hipotético. Minha mãe tinha o costume de pegar o bilhete do ônibus duzentos metros antes de chegar no ponto. Caminhava com o bilhete na mão, preso em sua luva de lã. Fazia a mesma coisa com o dinheiro, na fila de qualquer loja. Pode acontecer comigo. É preciso se preparar para qualquer eventualidade, analisar o terreno. Quando minha mãe ia passar uns dias na casa da prima em Achères (direto de Asnières), uma semana antes a mala já estava no chão, aberta e com algumas roupas dentro. Faço a mesma coisa, só que com uma antecedência um pouco mais razoável. Chegaram dois carros quase ao mesmo tempo, de onde saíram dois homens. Formou-se um grupinho de gente em torno da porta. Eu disse, quem são?

— O agente da polícia judiciária e o da SPTC.

— SPTC?

— Superintendência da Polícia Técnico-Científica.

O grupinho se desfez. Dois policiais uniformizados vieram em nossa direção. Os outros entraram no prédio. Os homens de jeans e jaqueta de couro saíram logo em seguida e correram até o carro descaracterizado, e consegui entrever Jean-Lino, mais baixo que os outros, com sua jaqueta da Zara e a calça de pregas. As portas bateram com estrondo e o carro arrancou fazendo barulho, com as luzes piscando.

Os grupos se fazem, se desfazem. Pode-se enxergar a vida dessa forma. Nós também fomos embora, na viatura policial. Nas vitrines, vi a gente passando com a luz piscando e a sirene fazendo seu escândalo. Tem algo de surreal nisso de ver a si mesma sendo transportada a toda a velocidade, como se víssemos nosso próprio trem sendo transportado dentro de um outro. Na delegacia, me levaram para o mezanino e me botaram num banco de ferro onde prenderam as algemas.

Fiquei só com uma das mãos presa. Esperei um pouco, depois me levaram para uma sala, onde me disseram que eu tinha o direito de permanecer calada, de falar com um médico, um advogado e de avisar à minha família. Pedi que ligassem para Pierre. Falei que não tinha advogado e que eles podiam trazer quem quisessem. Uma mulher me revistou e raspou o interior da minha boca. No corredor, perguntou se eu queria ir ao banheiro antes que me levassem para a cela (cela!). O banheiro era um buraco no chão, ao estilo turco, totalmente precário. Umas horas atrás estava eu cortando um bolo de laranja com meu vestido esvoaçante, pensei. Entrei na cela degradada com um banquinho no fundo. No chão de linóleo havia um colchão, e por cima estava dobrada uma manta laranja de lã. A mulher disse que eu podia descansar um pouco enquanto esperava o advogado, que chegaria em torno das sete. Fechou a porta com um barulho insano de fechaduras e trincos. A parede que dava para o corredor, inclusive a porta, era toda de vidro com grades. Sentei no banquinho. Será que Jean-Lino estava ali perto? E a pobre Lydie dentro da mala... O lenço todo torto, o cabelo desgrenhado, a saia amarrotada. Um bando de adereços que de uma hora para outra se tornam inúteis. O escarpim Gigi Dool vermelho, lançado no túmulo. Um colega de Pierre morreu faz um mês. Etienne ligou para avisar Pierre, mas eu que atendi. Ele disse, você sabe quem é Max Botezariu? — De nome. — Ele acabou de morrer, teve um infarto fulminante no metrô. Bela morte, falei. — Ah, é? Você gostaria de morrer assim? — Gostaria. — Não quer ver a morte chegando, se preparar para ela, como em La Fontaine, *sentindo a morte vir ele fez virem todos os seus*? — Não. Tenho medo da degradação. Houve um silêncio do outro lado da linha e depois ele disse, seja como for, é melhor morrer acompanhado. Ou talvez não, pensando bem. Pus a manta laranja sobre os joelhos. Ela pinicava. Apertei as laterais do casaco para fazer uma barreira.

Bom... No cubículo onde encontro com o advogado tudo é cinza. Os ladrilhos do chão, as paredes, a mesa, as cadeiras. Tudo. As duas cadeiras são fixas no chão, assim como a mesa. Não há janelas. E a luz é tenebrosa. Antes eu tinha tido direito a uma caixinha de suco de laranja e um biscoito. Gilles Terneu, advogado. Tinha cabelo comprido e grisalho, penteado para trás, além de um bigode e uma barbicha bem desenhados. Um homem alinhado, como diria minha mãe, alguém que cuidava da aparência desde a hora que acordava. Fiquei com certa vergonha do pijama da Hello Kitty e da pantufa, mas especialmente do casaco que só ia até a metade do meu braço. Ele abriu sua pasta, tirou um caderno e uma caneta. Disse, bom... A senhora sabe por que está aqui? Por mais que estivesse exausta, eu sabia por que estava lá. Contei a ele os acontecimentos. Bom, quer dizer, a versão oficial mínima.

— Qual é sua relação com esse homem?
— Ele é meu amigo.
— A senhora sabe que estamos diante de um caso criminal. As investigações serão muito minuciosas. Inclusive no que diz respeito à sua vida. Não pense que num cenário desses a senhora pode ocultar as coisas. Elas acabarão vindo à tona, mais cedo ou mais tarde.
— Ele é meu amigo.
— Amigo.
— É um vizinho que virou meu amigo.
— A senhora suspeitava de alguma coisa?
— Em que sentido...?
— Quando a senhora ficou espiando pelo olho mágico.

— Quando meu marido sugeriu que ele chamasse a polícia, senti que ele ficou hesitante...

— A senhora não tinha certeza de que ele chamaria a polícia...

— Não... não tinha tanta certeza assim de que ele chamaria... E quando vi o elevador descendo... mesmo sem ter visto nada, nem ouvido nada do lado de fora, já que também estava de olho na janela...

— A senhora estava de pijama?

— Estava.

— E seu marido? Ele não ouviu a senhora descer?

— Meu marido estava dormindo.

— E ele continua dormindo?

— Não sei. Pedi que o avisassem.

— Seu marido tem alguma desconfiança sobre a natureza de sua relação com esse homem?

— Não. Não, não.

— Temos pouco tempo, uma meia hora, talvez, e quando sair daqui a senhora será interrogada pelos policiais, provavelmente farão uma acareação com seu vizinho, o senhor...

— Manoscrivi.

— Manoscrivi. Obviamente, esperamos que as duas versões não se contradigam... A senhora imagina que ele possa dizer algo diferente?

— Não... não tem nenhum motivo para isso.

— Ótimo. Como regra geral, os advogados aconselham seus clientes a dizer o mínimo possível à polícia, para que mais tarde eles não se comprometam com suas próprias declarações. No entanto, sua versão parece plausível, talvez a senhora tenha interesse em se expressar abertamente. Quer dizer, entrar em alguns detalhes. Mas eu queria reforçar que tudo que a senhora disser daqui a pouco será tratado como a primeira verdade e será usado sempre para contestar o que a senhora disser depois.

— Mas é a verdade... Tem uma coisa que eu ainda não mencionei... Que não muda nada, mas eu quero falar tudo... Na verdade, são duas coisas... Lá embaixo, quando eu estava lá embaixo, no saguão, tentando convencê-lo a chamar a polícia, cruzamos com uma vizinha...

— Alguém que a senhora conhece?

— Sim, uma moça a quem dou bom-dia, boa-tarde, é a moça do...

— Ela não ficou surpresa de encontrá-los às três da manhã?

— Ela nos deu boa-noite, com certeza estava voltando de alguma festa...

— Os vizinhos do prédio sabem da amizade de vocês?

— Não sei dizer... Provavelmente sim.

— Ela se mostrou surpresa?

— Não, não, nem um pouco.

— A situação era bem banal...

— Banal. Dava para ver que ela queria escapar da chuva, foi direto para o elevador, não durou dois segundos. Só o tempo de nos cruzarmos... E a outra coisa foi que, antes de chamar a polícia, Jean-Lino Manoscrivi quis deixar seu gato num lugar seguro. Então subimos de novo, pegamos o gato dele e o levamos para a minha casa. Ele está lá agora.

— A senhora se preocupa bastante com esse homem...

— Sim...

— E confirma que é apenas uma relação de amizade?

— Sim.

— Não acha que pode ter deixado rastros de uma relação que seria de outra natureza que não a descrita pela senhora?

— Não.

— Vocês não trocavam e-mails, por exemplo? Sua caixa de mensagens será analisada.

— Nunca trocamos e-mails.

— E ele, não acha que ele sente alguma coisa...? A senhora acredita que vocês dois estão na mesma sintonia?

— Isso eu já não posso dizer, mas ele nunca demonstrou nada...

— Não existe nenhum elemento material que possa induzir a acharem que se trata de uma relação amorosa, mesmo a senhora declarando como...

— Nenhum.

— Por exemplo, o marido da senhora nunca teve ciúme dessa relação?

— Nunca.

— A senhora não teria nenhum motivo para ajudar esse homem num ato que pode ser um ato criminoso?

— Nenhum motivo.

— Vão lhe fazer a seguinte pergunta: a senhora fica sabendo que seu amigo matou a esposa... até onde a senhora iria se ele lhe pedisse ajuda?

— Ele não me pediu ajuda.

— Se ele tivesse pedido...

— ... que tipo de ajuda?

— Não, não. Aqui a senhora precisa responder assim: eu não o ajudei, a prova disso é que pedi para ele chamar a polícia. Quem chamou, afinal? Foi a senhora ou ele?

— Nós dois.

— Como assim os dois? Quem usou o telefone?

— Ele. Eu disquei o número 17 e passei o celular para ele...

— Ah! A senhora discou o 17.

— Sim.

— Se não tivessem cruzado com a vizinha, a senhora teria ligado para o 17?
— ... sim, claro que sim.
— Nesse ponto a senhora não pode hesitar.
— Está bem. Claro.
— É importante.
— Sim, sim.
— Bom, então a senhora sabia que ele estava querendo fugir...
— Não, não sabia.
— Foi quando a senhora estava descendo que...
— Quando vi o elevador piscando, gritei. Gritei, e como não tive resposta, mesmo com o elevador no andar de baixo e sabendo que podiam me ouvir, abri a porta da escada. Ouvi o barulho de alguém descendo às pressas. Eu sei que meu vizinho usa a escada e que ninguém mais usa. Pensei que estava acontecendo alguma coisa esquisita. Resolvi descer, abri a porta do saguão e o vi tirando do elevador a grande mala vermelha. Nessa hora eu entendi o que estava acontecendo... Porque vi a mala enorme e toda abaulada... Mas antes de descer não sabia o que me esperava.
— Embora soubesse que estavam esperando a polícia, que não chegava.
— Isso... Mas podia ser qualquer um ali no elevador...
— E foi aí que a senhora disse imediatamente: para!
— Sim. Não, falei assim: o que você está fazendo? O que é que tem nessa mala?
— Antes mesmo de cruzar com a vizinha, a senhora tentou convencê-lo de imediato a não fugir.
— A primeira coisa que eu fiz foi arrancar a bolsa dele, ele estava segurando uma bolsa e tinha um casaco dobrado por cima da mala. Peguei a bolsa e o casaco e disse, o que

você está fazendo, você está louco! Aí a vizinha chegou... A vizinha facilitou as coisas...

— Ele disse à senhora que a esposa dele estava dentro da mala...?

— Não... não me lembro... Estava implícito.

— E a senhora não teve dificuldade para convencê-lo...?

— Não tive, é... Não... não tive dificuldade para convencê-lo.

— Mas, se não fosse a senhora, ele teria ido embora.

— Não sei dizer.

— Para ele a chegada da vizinha foi decisiva? Se a vizinha não tivesse chegado, a senhora teria conseguido convencê-lo?

— Não posso responder.

— A senhora não sabe.

— Não.

— Há quanto tempo a senhora o conhece?

— Há três anos.

— Uma relação de amizade?

— De amizade.

— Com alguma intimidade...? Confidências?

— Não... nos tratamos com formalidade.

— Ele mencionou algum problema que tinha com a esposa?

— Não. Não tinha problema. Quer dizer, acho que não. Ele nunca comentou nada nesse sentido.

— E como era sua relação com a mulher dele?

— Uma relação bem cordial. Ela estava na festa que dei lá em casa. Foi muito agradável.

— A senhora gosta dela?

— Gosto...

— Como funciona, num casal, quando a pessoa é amiga de um dos dois? A senhora tem certeza de que não havia...

Não acha que podia ter um certo ciúme da parte dela, considerando a relação de vocês dois?

— Ele me contou um pouco o que aconteceu depois da festa e não teve nada a ver comigo...

— Nada a ver?

— Nada.

— Foi a primeira vez que vocês convidaram o casal?

— Foi...

— Estamos falando de uma relação especial entre esse homem e a senhora, mas que não se baseia na troca de confidências.

— Não.

— Então ela se baseia em quê, essa relação?

— Se baseia em confidências, sim, mas sobre coisas do passado... da infância, da infância dele e da minha, da vida em geral, mas a gente nunca falava de nossas relações conjugais. Já saímos todos juntos, os quatro. Lydie cantava em casas de jazz, era o hobby dela, e Jean-Lino nos levou para ouvi-la. Temos boas lembranças desse dia.

— Portanto, uma relação em que não há nada a esconder... Gostaria de insistir para a senhora não brincar com isso. Se descobrirem que a relação não é bem essa que a senhora descreve, a coisa pode ficar bem feia.

— Nossa relação é muito clara.

— Vão interrogar seu marido. Ele vai confirmar a natureza da relação que a senhora tem com esse homem?

— Com certeza.

— A senhora está sendo bem categórica. Está fora de cogitação alguma manifestação de ciúme por parte de seu marido? A senhora sabe muito bem que uma relação de amizade entre homem e mulher pode...

— Não. Não existe ciúme.

— Peço perdão pela pergunta, mas a senhora já respondeu a algum processo criminal?
— Nunca.
— E o seu marido?
— Também não.
— E o seu vizinho?
— Não. Não que eu saiba.
— Tem certeza?
— No que diz respeito ao meu marido e a mim, tenho certeza.
— E a senhora confia plenamente nesse homem?
— Sim.
— Qual foi sua reação quando soube que ele tinha matado...? A senhora temeu por ele? Ficou preocupada com ele?
— Sim.
— Mas a senhora acha que os motivos dele, e que ele lhe contou, podem prevalecer diante da justiça? A senhora achou que era melhor ele se entregar?
— Sim. Acho que aconteceu uma coisa louca. Talvez pelo fato de todo mundo ter bebido um pouco lá em casa... Acho que foi um acidente terrível. Um acesso de loucura. Ele não tinha a menor intenção de matar a esposa.
— Então é melhor ele se explicar.
— Claro.
— A senhora imagina que em algum momento ele poderia acusá-la de querer ajudá-lo a fugir? Ou a esconder o corpo da esposa?
— Não.
— A partir do momento em que vocês foram vistos juntos, a senhora segurando o casaco e a bolsa, poderiam pensar que a senhora iria ajudá-lo. É essa ideia que precisa ser derrubada. Ele não poderia acusá-la nesse sentido?

— Não.

— E a vizinha, a tal da moça, ela poderia acusá-la?

— Ela só vai poder dizer o que viu. E eu vou confirmar. Ela nos viu, os dois, no saguão, ele perto da porta e eu atrás, segurando o casaco e a bolsa.

— Vocês estavam conversando?

— Não. Ouvimos ela chegando. Não estávamos falando nada. Na verdade, sendo bem sincera, ficamos paralisados ao vê-la. Fiquei paralisada porque, afinal de contas, tinha uma pessoa morta dentro da mala.

— Isso a senhora pode falar.

— O fato é que fiquei paralisada por ele e por mim mesma. Eu tinha plena consciência de que estava... de que estava numa situação em que não deveria estar. Ainda mais porque a mala é nossa.

— A mala é de vocês?

— É. Eu tinha emprestado para Lydie uns dias atrás. Ela queria levar umas coisas para o consultório.

— E eles não têm mala, esses seus vizinhos?

— Ela queria levar uns lençóis e umas almofadas que ocupam muito espaço. Uma mala grande evitaria que ela precisasse fazer mais viagens.

— E seu vizinho, ele estava a par desse empréstimo?

— Não sei. Deve ter visto a mala em casa.

— Bom. Gostaria de lembrar que tudo que disser à polícia daqui a pouco ficará registrado e comprometerá a senhora no futuro. Tudo depende da sua boa-fé e da sua capacidade de convencimento. Sua história faz sentido. Tem um peso de verdade. Mas chamo sua atenção para o fato de que as investigações serão amplas e minuciosas, vão vasculhar sua casa, interrogar seu marido... A senhora trabalha com o quê?

— Sou engenheira de patentes, no Instituto Pasteur.

— As pessoas que estavam na sua festa testemunharam alguma coisa? Alguma tensão ali entre o casal? Elas com certeza serão ouvidas.

— Não sei... Eu mesma testemunhei uma coisa, mas não sei se devo mencionar... Não sei o que ele vai querer dizer...

— Preste atenção, se a senhora der a impressão de que não está colaborando ou de que está escondendo alguma coisa para protegê-lo, vai acabar entrando num terreno...

— Pois então, num dado momento, a conversa descambou para um tema que era muito caro a ela, digo isso ao senhor, por mais que possa parecer insignificante, mas a conversa foi sobre frango orgânico. Ele zombou dela porque ela tinha perguntado a um garçom, num restaurante, se o frango que serviam tinha se empoleirado ao longo da vida, enfim, se tinha levado uma vida normal, esse tipo de coisa... Ele queria fazer todo mundo rir com essa história, mas depois disso sentimos que o clima ficou pesado entre eles.

— A senhora imagina que o conflito tenha começado aí.

— É possível... Quando chegaram em casa, ela o criticou por tê-la humilhado em público. A briga se agravou, e chegou um momento, não sei explicar qual, ele vai saber explicar melhor que eu, chegou um momento em que ela deu um chute no gato... Ele então a agarrou, apertou seu pescoço...

— A senhora está me dizendo que eles brigaram porque ela estava defendendo o bem-estar dos animais, e que ele matou a esposa porque ela chutou o gato.

— Acho que a questão não eram os animais. Quer dizer, no fundo eles não estavam em lados opostos. Quando um casal briga, as opiniões costumam servir de pretexto... Não acho que ela queria machucar o gato. E ele queria, sim, agredi-la, mas não matar. Talvez ela tenha morrido por causa de um ataque cardíaco. Ele não é um criminoso, é um homem muito doce.

— Creio que não é do seu interesse se transformar em advogada dele.

— Estou falando isso só para o senhor.

— Certo, mas não vale a pena tomar partido dele. Vocês têm uma relação de vizinhos que se tornou uma relação de amizade. A senhora resolve ajudá-lo para que ele não fuja de suas responsabilidades, pois pensa que do contrário seria pior. Ponto final. A senhora precisa entender que é suspeita de cumplicidade e ocultação de cadáver.

— E o que pode acontecer comigo?

— A senhora nunca foi condenada. Tem uma profissão. Tudo depende do que ele vai contar. Seu marido foi avisado?

— Acredito que sim.

— O que ele vai dizer...? Quando vocês subiram à casa de Jean-Lino, por que não pediram que ele chamasse a polícia imediatamente?

— Mas nós pedimos. Quer dizer, meu marido pediu.

— E vocês voltaram para casa mesmo sem ele ter chamado?

— Ele disse que queria ficar sozinho, que precisava de um tempo. Meu marido, de repente, achou que não tínhamos mais nada para fazer ali, que tínhamos cumprido com nossa obrigação e que não cabia a nós chamar a polícia. Aí descemos, voltamos para casa.

— Aliás, por que o sr. Manoscrivi foi até o apartamento de vocês depois de matar a esposa?

— Acredito que não estivesse em condições de ficar sozinho...

— Seus colegas de trabalho sabem da existência dele?

— Não.

— Durante a festa, o comportamento de vocês deixou alguma margem para...?

— Não.

— É possível que a vizinha mencione alguma atitude ambígua? Vocês estavam perto um do outro quando ela apareceu?

— Não. Bom, estávamos a uma distância normal.

— ... A suspeita da polícia pode consistir no seguinte: é a chegada da vizinha que obriga vocês a chamar a polícia, mas a intenção inicial não era essa. Como a senhora pode refutar essa tese?

— O que eu estaria fazendo ali de pantufa e pijama, sem nada...?

— Quanto tempo passou entre a hora que vocês desceram e o momento em que chamaram a polícia?

— Uma meia hora... Talvez menos. Foi o tempo de convencê-lo, de pegar o gato na casa dele e levar lá para casa.

— De todo modo, foi a presença da vizinha que fez com que ele aceitasse se entregar.

— Não posso afirmar o contrário.

— Você já foi muitas vezes à casa dele?

— Quase nunca. Talvez uma vez só. Foi hoje mesmo. Quer dizer, ontem, subi com Lydie, para pegar umas cadeiras. Ela me emprestou umas cadeiras para a festa.

— Bom. A senhora irá enfrentar um interrogatório, que talvez não seja nada fácil. É possível que testem um pouco seus nervos e que duas pessoas a interroguem ao mesmo tempo, porque pode haver uma suspeita de cumplicidade não no ato criminoso em si, mas no que ocorreu depois. De que a senhora pode ter tentado ocultar o cadáver etc. Então seja cautelosa nessa parte. O que a senhora diz para em pé. Não creio que vão mantê-la detida por mais de 24 horas. Se o sr.

Manoscrivi corroborar a sua versão e se o seu marido não fornecer informações que possam causar certa confusão, a senhora é liberada ainda hoje.

Saí no início da noite. Pierre foi me buscar. Ele tinha sido ouvido à tarde. Entreguei o casacão. Estava livre. Aparentemente, Jean-Lino confirmou que agira sozinho. Agora tinha desaparecido, tragado por algum buraco negro. No carro, Pierre ficou de cara fechada. Em vez de me reconfortar. Parecia cansado e triste. Disse que não tinha gostado nada daquela história. Falei não vejo como alguém poderia gostar. Ele perguntou o que eu tinha feito de verdade.

— Fiz exatamente o que eu contei. Ninguém entende como você conseguiu dormir.
— Tinha tomado todas. Estava bêbado.
— Você não comentou nada sobre o banheiro?
— Você acha que eu sou idiota?
— Eu estava com medo de você falar, para limpar minha barra...
— Você ajudou ele?!
— Não!
— Então explica a coisa da mala. Me explica direitinho.
— Eu emprestei a mala para Lydie, para ela levar umas coisas até o consultório.
— Quando?
— Sei lá... Faz uns dias.
— Então quer dizer que ele vê uma mala em casa e pensa, ótimo, o tamanho é bom, vou enfiar minha mulher aí dentro?
— Eu não tinha como imaginar.
— Minha mala Delsey, porra!
— Desculpa...

— E parabéns pelo gato. Quase caí duro. A noite podia ter acabado com duas pessoas mortas.

Pouco antes de a polícia ligar, ele tinha se levantado para me procurar pelo apartamento. Na entrada, pisou em alguma coisa mole. Era o rabo de Eduardo, saindo por baixo de um móvel. O bicho soltou um gemido estridente. Apavorado, Pierre acendeu a luz e deu de cara com o gato, de focinho colado no chão, o resto do corpo escondido debaixo do móvel, encarando-o também com um olhar assustado. Chegando ao estacionamento, ergui a cabeça. Olhei para o prédio. Para o nosso andar, para o andar de cima. Pensei, não tem mais ninguém lá. Os galhos da dormideira balançavam suavemente. Eu disse, quem vai cuidar das plantas?

— Que plantas?
— As plantas de Lydie.
— Ninguém. O apartamento está lacrado judicialmente.

Fiquei desolada. A dormideira, os crocos, os brotos, toda aquela vida pujante que eu tinha visto na véspera em vasos heterogêneos. E eu a via também, Lydie, debruçada sobre seu pedacinho de jardim, pegando o croco de uma brancura espantosa para me mostrar. Saímos do carro. Vi o Laguna estacionado na mesma vaga. O saguão estava vazio. Impessoal como sempre. Pegamos o elevador. Nosso apartamento estava impecável. Pierre tinha limpado a cozinha. Havia arranjado um lugar para a caixa de areia, e a mesa estava posta para dois. Por essa gentileza eu não esperava. Era tudo que faltava para me fazer chorar.

Não sei mais quantas vezes me interrogaram depois. Os investigadores da polícia, os da brigada criminal, uma espécie de investigador de personalidade (ele se apresentou de outra forma, mas já esqueci; não entendi se investigava a minha personalidade ou a de Jean-Lino), o juiz de instrução. Sobre o desenrolar dos acontecimentos, quase sempre as mesmas perguntas. Com algumas variações. Por que oferecer um conhaque ao suposto autor do crime, em vez de prestar socorro à sua mulher? Nós tocamos no corpo? (Sorte que eu tinha colocado o lenço nela, falei também que tocara em suas pernas enquanto Pierre tomava seu pulso.) O juiz de instrução, de quem gosto bastante, me perguntou, nestes termos, como era possível que meu marido não tivesse encontrado nada melhor a fazer do que ir dormir, logo depois de descobrir o cadáver da vizinha? E, obviamente, a pergunta do advogado, que se repetiu nas mais diversas variações, o que a senhora teria feito se não tivesse aparecido uma terceira pessoa? Mas um terreno que Gilles Terneu não chegou a explorar, e que todos quiseram me fazer percorrer até a exaustão, foi o terreno da minha vida pessoal. Quem era essa tal de Elisabeth Jauze, Rainguez de solteira, nascida em Puteaux? Ao que parece, isso recebe o nome de grande identidade, no jargão policial. Trata-se de trazer à tona tudo que o indivíduo cuidadosamente deixou enterrado. De reescrever com caracteres nítidos tudo aquilo que foi riscado. Infância, pai e mãe, juventude, estudos, bons e maus caminhos. Eles se debruçaram sobre minha vida com um zelo ridículo. É a impressão que me dá. Uma determinação ridícula para produzir um material falso. Um pequeno tratado de sociologia que acrescentarão ao dossiê e que não dirá coisa alguma. A justiça terá feito seu trabalho. Quanto a mim, acabei revendo muitas imagens. Ignorava que elas ainda existissem em algum lugar. O café de Dieppe, a grande máquina adormecida, decorada para a festa, que a gente despertava em meio à névoa, eu não sabia que ainda as conservava comigo. Não conseguimos compreender quem são as pessoas sem levar em conta a paisagem. A paisagem é fundamental. A verdadeira filiação é a paisagem. Tanto o quarto e a pedra quanto uma nesga de céu. Foi isso que Denner tinha me ensinado a ver nas chamadas fotos de rua, como a paisagem ilumina o homem. E como, em contrapartida, ela é parte do homem. E posso dizer que foi isso que sempre adorei em Jean-Lino, a forma como ele carregava a paisagem dentro de si, sem se proteger de nada.

No dia seguinte, fui ao Pasteur como se estivesse tudo normal. Almocei na cantina com Danielle. Por telefone, só tínhamos falado que precisávamos conversar. Encontramos um lugar perto de uma janela, pousamos as bandejas sobre a mesa, e eu disse, quem começa?
— Começa você.
— Você não vai se decepcionar.
Ela era todo ouvidos.
— Você se lembra do casal que estava lá em casa no sábado, uma mulher com uma cabeleira alaranjada e o marido dela?
— Lembro, seus vizinhos.
— Nossos vizinhos. Ele estrangulou a mulher aquela noite.
— Ela morreu?!
— Morreu.
Qualquer um teria ficado em choque. Mas não minha Danielle, cujo rosto se iluminou na mesma hora.
— Não...
Ela não fazia ideia da minha relação com Jean-Lino. Contei a ela sobre a noite (o relato oficial, que fique claro). Um relato bastante enérgico. Encorajada por sua benevolente frivolidade, cuidei de todos os efeitos. A campainha, o gato, a mala, o saguão, os policiais, a cela... De vez em quando,

Danielle dizia, que loucura, ou fazia um comentário do gênero. Estava fascinada.

— E o que é que você vai fazer com o gato?
— Não sei. Não tenho a menor afinidade com ele.
— Podíamos dar para a minha mãe.
— Sua mãe...?
— Ela mora num apartamento térreo em Sucy. Tem um jardinzinho na frente, o gato vai ficar muito feliz.
— Mas e ela?
— Vai ajudar a esquecer de Jean-Pierre. Ela adora, já teve gato.
— Então fala com ela...
— Ligo hoje à noite.
— E você, hein...? No meio disso tudo... Como é que foi com Mathieu Crosse?

Eu mal tinha acabado de dizer Mathieu Crosse, quando um manto de depressão me caiu sobre os ombros. Era uma fofoca contra a outra, enquanto atacávamos a torta de limão, o vizinho tresloucado versus a amante em potencial. Jean-Lino, perdão. Mas Danielle é discreta. Em vez de detalhar sua noite de sábado, com a habilidade que nós mulheres temos de engrossar a menor anedota amorosa, de conferir peso a qualquer palavra ou detalhe insignificante, ela se pôs a relativizar seu interesse naquilo tudo. O que teria nos garantido algumas risadas e teria sido o fio de uma trama inesgotável se transformou num breve relato quase triste. Ela tinha dado uma carona para Mathieu Crosse. Ficaram estacionados em fila dupla em frente à casa dele. Ele teve a delicadeza (considerando, imaginava ela, sua situação de recém-enlutada) de não propor que ela subisse. Comovida por esse cuidado, e depois de uns apertos desajeitados no banco da frente, ela estacionou melhor. Ele precisou confessar que naquele fim de semana estava recebendo em casa o filho de dezesseis anos. O menino tinha saído, mas poderia chegar a qualquer momento. Quando deram por si, estavam os dois no apartamento feito ladrões com medo de serem pegos no flagra. Umas quatro da manhã, desalojada dali pela chegada do menino, ela foi embora para casa, meio transtornada. Você gostou dele?, perguntei.

— Não sei.

— Mentirosa.

— Gostei, gostei bastante.

Contei que ela seria interrogada pela brigada criminal como testemunha, igual fariam com Mathieu e com todos os meus convidados. Ela estava longe de se opor.

Georges Verbot foi o único que não se mostrou surpreso quando ficou sabendo. A mulher estava pedindo para ser acertada com uma picareta, disse ele. Claudette El Ouardi deixou de lado sua discrição para dizer que havia notado algo de estranho no tal Manoscrivi. Notara isso desde a entrada lá de casa, quando ele havia se apresentado com um gracejo incompreensível. Mais tarde, ficou constrangida diante de sua euforia enquanto Gil Teyo-Diaz importunava Mimi. A imitação do frango batendo asas a deixou consternada, tanto pela vulgaridade do gesto quanto por suas palavras. Embora nunca imaginasse um desfecho tão abominável, tinha sentido a loucura por trás daquela encenação. Todos esses comentários, proferidos por telefone com sua voz monótona, me fizeram sentir como eu estava mais próxima de um Jean-Lino que de uma Claudette, cuja rigidez eu até então atribuía a uma espécie de introversão científica, mas que subitamente me pareceu revelar um lamentável conformismo. Antes de se tornar um varapau e perder sua vocação, minha irmã Jeanne dançava.

Meus pais e eu fomos vê-la numa apresentação de gala de fim de ano. Ela fez um breve solo no palco principal, e todo mundo aplaudiu. Depois teve um coquetel no refeitório da Casa da Juventude. Meus pais ficaram conversando com outros pais, que os parabenizavam pela filha. Meu pai não estava acostumado com aquilo. Achou que para lidar com a situação seria uma boa brincar um pouco. As pessoas sorriam educadas. Eu percebia que as piadas estavam meio fora de contexto, mas ele foi se empolgando, sem se dar conta de nada. Num dado momento, ele começou a rir, com as narinas vermelhas e dilatadas, e disse que esperava em breve poder botá-la na rua, dançando, e depois passar o chapéu. As pessoas foram aos poucos lhe dando as costas e ficamos os quatro sozinhos. Numa outra vez, meu professor de música do ensino médio organizou uma ida ao Olympia para ver o Michel Polnareff. Meu pai nos levou de carro, de Puteaux, com mais duas amigas e a mãe delas. Na vanzinha da firma, que era de fato nosso carro de todo dia, ele disse, eu só queria que me explicassem por que o Ministério da Educação envia vocês para aplaudir aquela bicha! Quando minhas amigas estavam entrando na adolescência e calhava de ele cruzar com uma delas lá em casa, meu pai dava um jeito de apertar a bunda ou tocar no peito dela, exclamando, ah, olha como está crescendo, você tá virando mocinha, Caroline! Minha amiga ria convulsivamente e eu dizia, pai, por favor! Ele ria, qual o problema, só estou examinando a mercadoria, não tem nada de mais! Se fosse hoje, ia direto em cana. Meu pai me fazia passar muita vergonha, mas nunca consegui me bandear para o outro lado. Nunca me interessei por nenhum personagem contra um fundo neutro. Tirando Danielle, e depois Emmanuel e Bernard, não demos nenhum detalhe sobre o assunto. Não falei com ninguém sobre o meu envolvimento, nem sobre o tempo que fiquei na delegacia. Nem mesmo com

Jeanne, que de todo modo estava amarrada em sua paixão erótica. Catherine Mussin foi a única que disse *coitada*, referindo-se a Lydie. Os outros consideraram o ocorrido abstratamente horrível e se mostraram curiosos quanto aos pormenores e às motivações. Preciso confessar que senti certo prazer ao anunciar a coisa. Ninguém se incomoda de ser o portador de notícias sensacionalistas. Mas eu devia ter parado por aí. Ter desligado na mesma hora e não ser arrastada por nenhum falatório. Não existe pureza nas relações humanas. *Coitada*. Fico me perguntando se a palavra é adequada. Só os seres vivos podem ser submetidos aos critérios de nossa condição. É absurdo sentir pena de uma pessoa morta. Mas podemos sentir pena do destino. A mistura entre sofrimento e um provável vazio. Sim. Nesse sentido, *coitada* até que cabe. Posso dizer *coitados* referindo-me ao meu pai, à minha mãe, a Joseph Denner, ao casal de Savannah, ao testemunha de Jeová diante do muro gigantesco, a alguns mortos dos meus livros em preto e branco, àquelas pessoas nos retratos dos túmulos em San Michele, vestidas como reis em meio às flores artificiais, mas cuja existência podemos adivinhar que não foi nenhum mar de rosas, aos inúmeros humildes do passado, a todos aqueles cuja morte os jornais arrastam para a absoluta falta de sentido. Me vem à mente a frase de Jankélévitch a respeito de seu pai, *Qual o sentido desse passeio que o fizeram dar pelo firmamento do destino...?* Podemos chamar Lydie Gumbiner de coitada? Em seu mundo colorido, Lydie Gumbiner flutuou por cima das vicissitudes. Só consigo pensar nela em movimento, vejo-a atravessando o estacionamento, as roupas esvoaçantes como uma mulherzinha fugaz dos desenhos de Georg Grosz, ou dando tapinhas no decote em meio aos cabelos impetuosos. Em seu folheto, ela havia escrito, a voz e o ritmo são mais importantes que as palavras e o sentido. Lydie Gumbiner tinha cantado, militado, girado seu pêndulo, à sua maneira tinha se esquivado do vazio.

A mãe de Danielle aceitou ficar com Eduardo. Combinamos de levá-lo a Sucy-en-Brie no domingo seguinte. Nesse meio-tempo, arrumei uma solução para uma coisa que vinha me inquietando. Depois de observar atentamente a fachada do nosso prédio, subi até a casa do vizinho do sexto andar, o sr. Aparicio, um aposentado dos Correios que não gostava de muito papo. Ao passar pela porta dos Manoscrivi, reparei nos lacres e na ficha amarela onde, na linha da infração, estava escrito *homicídio doloso*. O sr. Aparicio é praticamente careca, mas o que resta de cabelo na parte de trás fica preso num rabinho de cavalo. Um toque de modernidade que me deu ânimo. Expus a ele meu plano, que consistia em instalar uma mangueira na casa dele, com uma pistola na ponta, que permitisse regar de cima, a partir de sua varanda, as plantas dos Manoscrivi. Não precisa fazer nada, sr. Aparicio, falei, eu mesma cuido disso, se o senhor me permitir, duas vezes por semana, numa hora que lhe for conveniente, de manhã cedo ou à noite. Passados vários minutos, e depois de ter escutado meu discurso, me deixou entrar. Fomos até a sala, e ele abriu a janela. Nos debruçamos por cima da balaustrada, e eu disse, está vendo só como são lindas todas essas plantas? A chuva não chega nem até a dormideira. Na varanda dele tinha uma bicicleta, uma mesa e umas ferramentas. No quesito plantas, só dois ou três vasos com um pouco de terra e uma samambaia velha. Onde vamos instalar a mangueira?, ele perguntou. Na cozinha, respondi.

— Vamos ter que usar uma de quinze metros.
— Ah, claro! Obrigada, sr. Aparicio!

Ele nunca me ofereceu um café e nossas conversas ficavam restritas aos assuntos meteorológicos. Sou duplamente grata a ele. Em primeiro lugar, por jamais ter feito fofoca sobre a tragédia (nem sequer no dia em que a polícia interrogou os vizinhos) e, em segundo, por não ter me substituído na função de regar as plantas. Comprei uma excelente mangueira extensível, com conexão universal e pistola regulável, para poder regar à distância. O próprio Aparicio prende a mangueira na torneira da pia e a desenrola antes de eu chegar. Ele podia cuidar disso a hora que bem entendesse e se livrar da obrigação daqueles nossos encontros. Deve ter sentido o fetichismo que me liga a essa tarefa e sempre o respeitou. Depois da mudança para nossa casa, Eduardo se fechou numa melancolia hostil. Ficava vagando de um móvel para o outro, se escondendo debaixo deles ou se metendo nos cantos escuros. Apesar disso, aceitava a comida, e Pierre tinha conseguido ludibriá-lo para dar os últimos comprimidos de Revigor 200, amassados no meio do patê de atum. Chegando em casa, na véspera de nosso périplo a Sucy, assisti à seguinte cena: a vara de pescar estava mexendo, a partir de um movimento que vinha do banheiro. No corredor, Eduardo acompanhava apaticamente com os olhos os caprichos da cauda de leopardo. Assim que me viu, ele escapou, enquanto Pierre, sentado nu na privada, concentrado em seu tabuleiro de xadrez magnético e em seu manual, continuava agitando a vara com uma das mãos. Em Deuil--l'Alouette tem uma loja Raminagrobis que vende artigos para gatos e cachorros. Para levar Eduardo até a casa da mãe de Danielle, comprei uma caixa de transporte de plástico duro. Escolhi a média, de 39 euros, para ele ficar mais confortável. Na entrada de casa, estava tudo pronto. A sacola de lona de Jean-Lino com todos os acessórios, incluindo a camiseta, a caixa de areia, a caixa de transporte novinha em folha, com a portinhola aberta, só esperando por seu ocupante. Desde o momento em que a viu pela primeira vez, Eduardo odiou a caixa. Tentou fugir, mas Pierre o agarrou e gritou para mim, fecha as portas! Pôs o gato em frente à abertura, tentando segurá-lo. A gente o empurrava, o gato resistia, as patas dianteiras rígidas e esticadas, ele deslizava um pouco no parquê, e ao mesmo tempo a caixa resvalava. Tentávamos convencê-lo conversando com ele, acho até que arranhamos umas palavras meio em italiano. Eduardo tentava de todo jeito se desvencilhar, se enroscando e mordendo o braço de Pierre, que brigava comigo. Uma ou duas vezes o soltou, e tivemos que começar tudo de novo. Botamos uns brinquedinhos dentro da caixa, o difusor Feliway, um pouco de ração. O gato não estava nem aí para nada. Após vinte minutos de uma batalha exaustiva, Pierre teve a ideia de botar a caixa em pé, com a portinhola virada para cima. Banhado de suor, extenuado, agarrou Eduardo e o enfiou verticalmente, empurrando a cabeça primeiro. Houve um momento sobrenatural, quando vi que tinham entrado a cabeça e as patas dianteiras. Pierre ficou segurando a caixa e me disse, ajuda ele, ajuda ele! Eu o enfiei como pude, fechando os olhos. Fechamos a portinhola às pressas. A caixa estava abarrotada de ração, tudo esmagado, Eduardo berrava, mas pelo menos estava lá dentro.

A tia de Jean-Lino não me reconheceu. Estava sentada ao lado do andador, com um babador no pescoço, num refeitório anexo, sem janelas, sozinha diante de um prato de peixe com batatas ao murro. Não esperava encontrá-la jantando às seis da tarde. Preciso fazer um grande esforço para superar esse horário pavoroso. A meu ver, é uma forma de se livrar das pessoas. Só conseguem pôr para jantar nesse horário os indivíduos vulneráveis que depois são logo despejados numa cama (nos hospitais, já estão na cama). Me apresentei, disse que já tinha ido até lá com Jean-Lino. Ela me olhou atentamente. Às vezes, o olhar dos velhos transmite certa autoridade assustadora. Chamava-se Benilde. Haviam me falado seu nome na recepção, Benilde Poggio, mas não me atrevia a pronunciá-lo. A recepcionista tinha dito, ah, a senhora das Dolomitas! Conheço as Dolomitas pelos livros de Dino Buzzati. Denner lia *Montanhas de vidro*, retratos de alpinistas, lamentos sobre a devastação da natureza. Sobre as escaladas que o escritor nunca mais faria. Era, digamos, seu livro de cabeceira. Lia para mim alguns capítulos em voz alta. Tinha uns que eram obras-primas. Me lembrei de um texto escrito sobre o momento da conquista do Everest. *No antigo castelo, no alto da torre mais alta, restava ainda uma salinha onde ninguém jamais havia entrado. Acabaram abrindo a porta. O homem entrou e viu. Já não há mistério algum.* A senhora das Dolomitas tem mãos compridas e grossas, meio calejadas. Os dedos se movem todos juntos, como se estivessem grudados. Com o garfo, ela ia arrancando a pele do peixe que já estava sem pele. Perguntei se eu a incomodava. Falei, a senhora prefere jantar tranquila? Ela formou uma espécie de tapetinho com as batatas, e levou um pouco à boca. Fiquei com a sensação de que estava com a cabeça menos agitada do que na vez anterior. Não tirava os olhos de mim enquanto mastigava. De vez em quando limpava os lábios com o babador. Achei que o cabeleireiro tinha pesado a mão no tom lilás. E nos cachos também. Devia ter um cabeleireiro no asilo. Eu já nem sabia o que estava fazendo ali. Qual o sentido daquele delírio de bondade que consiste em visitar uma mulher desconhecida que nem sabe quem você é? Ela usava um pulôver comprido, com bolsos. Ficou vasculhando um deles e tirou de lá um saquinho de plástico, fechado com uma cordinha, e me entregou. Numa língua desconhecida, disse para eu sentir o cheiro. Cheirava a cominho. É cominho?, perguntei. *Si, cumino*. Queria que eu cheirasse de novo. Falei que adorava cominho. E coentro também. Ela quis que eu abrisse o saquinho. O nó estava apertado demais e ela não conseguia abrir com seus dedos ancilosados. Quando abri, ela fez um gesto para que eu derramasse cominho na palma de sua mão. Tremendo um pouco, fazia sinal de que bastava uma pitada. Ainda me fez cheirar os grãos em sua mão e os jogou sobre o peixe, rindo. Também ri. Ela disse alguma coisa que não entendi totalmente, mas de passagem pesquei o nome de Lydie. E compreendi, creio, que o saquinho tinha sido presente de Lydie. Eu nunca tinha feito a conexão entre a tia dele e Lydie. Que estupidez. Era a esposa de Jean-Lino, como não ia conhecer sua tia? Ela pôs à minha frente, com a colher, o iogurte de limão que estava na bandeja. Ouvíamos barulhos de vozes no corredor, barulhos de portas, de rodinhas. Sem saber muito bem por quê, dava para deduzir que eram sons noturnos. Sons contidos, que não seriam ouvidos em nenhum outro lugar. Fiquei pensando na visita que eu tinha feito com Jean-Lino, quando ela comentou sobre as galinhas que entravam dentro de casa e se enfiavam em tudo que era canto. Dessa vez, não falou de galinhas nem de sinos. Tinha adquirido outros hábitos, distantes da vida nas montanhas, a mil léguas das grandes sombras que incham e se encolhem. Habituara-se às paredes lisas com seus corrimãos de madeira, aceitava ver o tempo passar onde quer que fosse.

Buzzati enxergava a imobilidade das montanhas como seu principal atributo. *A razão, a meu ver, é que o homem aspira a um estado de tranquilidade absoluta*, escreveu ele. Etienne Dienesmann caminhava com os filhos pelas trilhas que antes havia percorrido com o pai. Faziam piqueniques ao pé das mesmas falésias. Erguiam os olhos diante da mesma sucessão de cumes. Com o pai já morto, tudo continuava no mesmo lugar com uma frieza límpida. A cada verão, em meio às risadas, ele sentia sua própria insignificância. Acabou sentindo-a sem amargura.

Querido Jean-Lino, antes de compartilhar com você minhas elucubrações a respeito do destino dos objetos, saiba que em Sucy-en-Brie, na casa da mãe de Danielle (que você conheceu, a arquivista que tinha acabado de chegar do enterro do padrasto), parece que Eduardo ficou simpático. É a palavra que usaram. Será que os bichos mudam de natureza? Eu apostaria mais num ajuste útil entre duas criaturas de luto. Sei que você estava preocupado e que te contaram da mudança dele de casa. Pelas últimas notícias, ele passa o dia no parapeito de uma janela de um apartamento térreo, como os velhinhos nos povoados do sul, que ficam na porta de casa observando a vida passar. Dali ele domina um território onde pássaros e ratos de verdade brincam em total segurança, pois, ao contrário dos temores de sua nova dona, ele nunca abandona seu posto. Se não estiver exatamente orgulhoso, fique pelo menos tranquilo a respeito dele. Minha mãe morreu mês passado. Dentro de uma caixa na casa dela, achei o quebra-nozes que fiz quando estava no quinto ano da escola. Por um ano experimental, as meninas tiveram acesso às oficinas de ferragem e carpintaria da escola masculina. Nenhuma de nós escolheu trabalhar com ferro, mas algumas, como eu, optaram pela madeira para escapar das aulas de costura. O professor era um chinês que usava peruca, um doido. Terminávamos quinze minutos antes da hora para dar tempo de deixar as ferramentas arrumadas de modo impecável. Se a garlopa ficasse alguns milímetros para fora na estante, ele gritava e dava umas bofetadas nos meninos. Praticamente o ano inteiro foi dedicado à criação de um quebra-nozes. Os meninos faziam um modelo com dois níveis, uma espécie de prensa, e as meninas faziam um modelo em formato de cogumelo. O meu era bicolor, com um chapéu que parecia uma glande, pintada de marrom escuro. Antes de dar o quebra-nozes de presente ao meu pai, botei também umas nozes na embalagem. De cara, ao ver o troço, ele exclamou, mas isso aqui parece um pinto! Depois ficou pasmo quando viu que funcionava. Meu pai adorava tudo que era ferramenta e respeitava os artesãos. Mostrava o quebra-nozes para todo mundo, ou seja, à sua irmã Micheline e seu bando, além de um ou dois colegas que iam de vez em quando lá em casa beber com ele. Queria saber como eu tinha feito a rosca do parafuso, se tinha usado uma goiva. Dizia, me dá aqui o pinto da Elisabeth, e fazia a demonstração com tudo que tinha casca. Comentava, boa rotação, rutura suave, miolo impecável. Eu não ficava constrangida quando ele dizia isso do pinto, até caía na risada. Aquilo durou um tempo, até que todo mundo esqueceu o quebra-nozes. Ainda deve ter ficado um pouco na cozinha, em alguma fruteira, mas depois sumiu. Nunca pensei que teria sobrevivido em algum lugar. Já nem me lembrava dele. Agora está bem à minha frente, ao lado de um moedor de pimenta novo. Impressionante como parece à vontade. Por que alguns objetos perecem e outros não? Quando fomos esvaziar o apartamento de minha mãe, se minha irmã tivesse aberto aquela caixa de sapato, sem dúvida teria jogado o quebra-nozes no lixo, junto com as outras velharias. Lydie acreditava no destino das coisas. Seria tão impossível, no fim das contas, que o quartzo rosa do pêndulo tivesse se apresentado a ela? (Preciso te dizer, aliás, que não estou tão longe de perguntar nos restaurantes, e também no açougue — aonde vou cada vez menos —, se os frangos foram livres para dar suas voadinhas, e os porcos para chafurdar etc., assim como nunca mais suportaria ver um bicho exposto como atração desde que venho recebendo os boletins da associação dela.) Jean-Lino, mesmo com o sinal verde do juiz, nós só fomos capazes de trocar palavras breves e, a meu ver, terrivelmente frias, apesar dos meus esforços no sentido contrário. Nenhuma das minhas cartas, embora inspiradas por um impulso autêntico, chegou a sair daqui, nenhuma levantou voo. Até agora não consegui acertar o tom. Também imagino que não vou enviar esta. Então me dirijo a você livremente, como sempre fizemos, sem me preocupar com a desigualdade que rege nossas condições, nem com seu estado de espírito. Posso muito bem ficar delirando a respeito de um quebra-nozes ou te confessar, por exemplo, que, nos primeiros dias do meu retorno (meu retorno!), precisei lutar contra a sensação de abandono e a melancolia que se abate sobre nós quando um lapso de tempo termina, se encerra. Não tem mais nenhum Manoscrivi no andar de cima. Os Manoscrivi no quinto andar eram a ordem familiar das coisas. Sei como isso pode soar ridículo em comparação às notícias do mundo, mas o que desapareceu junto com você é um bem invisível, em que não costumamos pensar — a vida que conhecemos.

Fomos até a varanda ver a chegada do furgão e das viaturas da polícia. A verdade é que metade dos vizinhos estava na janela. Me debrucei e olhei para cima. Aparicio também estava na varanda, mas saiu logo, com vergonha de que alguém o visse. A reconstituição estava marcada para as onze da noite. A escolha do horário noturno era para respeitar as condições originais. Também nos falaram que devíamos botar a mesma roupa que usávamos no dia. Estendi sobre a cama o pijama da Hello Kitty, como se fosse o figurino de uma peça. Uma dezena de pessoas entrou no prédio, entre elas uma mulher que segurava uma bolsa de computador e uma mesinha dobrável. Jean-Lino saiu do furgão com as mãos algemadas, entre dois policiais uniformizados. Vê-lo assim do alto, com a jaqueta da Zara e o chapéu das corridas, me deixou perturbada. Fiquei com a sensação de que estava havendo um equívoco gigantesco. Do ponto de vista da morte e do universo, como de repente me parecia ali da minha varanda, todo aquele aparato e frenesi em torno de um homem inofensivo, amarrado e disfarçado de si mesmo, me soou como uma farsa grotesca.

O juiz de instrução quis começar com o que ele mesmo chamou de *a saída da festa*. Para essa primeira sequência, achou que não precisávamos nos vestir com a roupa de três meses antes. A escrivã estava sentada no hall do nosso andar, em frente à sua mesa dobrável, diante de um pequeno computador portátil. Primeira foto, ditou o juiz, *Policial representando o papel da sra. Gumbiner*. Uma mulher minúscula, de cabelo cacheado, posou para a foto, com os braços colados no corpo, usando um casaco enorme. Jean-Lino parecia uma figura empalhada em frente ao elevador, de camisa lilás e cabelo mais curto. Haviam tirado suas algemas. Me pareceu mais jovem. Uns óculos novos, de armação metálica comum, o rejuvenesciam. A porta da escada de serviço estava aberta. Parte dos policiais aguardava na escada. No hall, reconheci o chefe de investigação e um dos policiais que estavam no momento da prisão. O juiz quis saber em que ordem os convidados tinham saído do nosso apartamento. Nenhum de nós três conseguia se lembrar. Após uma ligeira confusão, chegou-se a um consenso de que Lydie teria sido a primeira a sair pela porta, depois dos El Ouardi, que não mereciam ser representados. O juiz posicionou o novo casal Manoscrivi, bem como Pierre e eu, no umbral da porta, para a foto. *Sra. Gumbiner e sr. Manoscrivi saindo do apartamento do casal Jauze — com o sr. e a sra. El Ouardi, que pegam o elevador*. O juiz sublinhou para mim a importância da narração. O álbum será divulgado durante o processo, disse ele, é um instrumento pedagógico para o presidente da corte. Mais tarde, quando pede que seja feita a foto do *sr. Jauze dirigindo-se ao quarto para ir se deitar*, ele me diz, é importante que os jurados entendam que a senhora fica sozinha. Depois desse preâmbulo, todos subiram ao andar de cima. Pierre e eu entramos em casa e fomos para a sala. Ele me perguntou, num tom detestável, se eu queria ver um pouco das notícias enquanto esperávamos. Eu não estava com a menor vontade de ver as notícias. Ele então pegou seu tabuleiro de xadrez e começou a estudar um problema. Detestava aquilo tudo, especialmente sua arregimentação a cada novo episódio do caso. Quando recebemos a convocação para a reconstituição, jurou de pés juntos que não compareceria. Sentada no sofá ao lado dele, sem fazer nada, fiquei observando o apartamento, completamente diferente de como era em tempos normais. As almofadas equidistantes e fofas, as tralhas todas organizadas em discretas pilhas artificiais. O piso brilhando, nada fora do lugar. Minha mãe teria feito o mesmo. Respeito e submissão diante da autoridade da justiça. Ouvíamos passos e barulhos de vozes no andar de cima. Falei, ele vai estrangular a policial?

— Esperamos que não.

Me deitei, apoiando a cabeça nas pernas dele e deixando-o numa posição muito desconfortável. Perguntei, ele vai colocá-la dentro da mala?

— Só depois de passar aqui em casa.

Pierre apoiou o tabuleiro de xadrez no meu peito e o recorte de jornal no meu rosto. No hall, Jean-Lino tinha se comportado como um estranho. Corpo mecânico, olhar fugidio. Como se tivessem se desfeito todos os vínculos, inclusive com as paredes do prédio. Eu não esperava por essa frieza. Nos piores anos, na época da pré-adolescência, me mandavam para uma colônia de férias em Corrençon-en-Vercors. Eu sempre ficava para trás nesses acampamentos onde éramos largados à própria sorte e onde todo mundo parecia mais independente e corajoso do que eu. Às vezes conseguia me integrar e fazia umas amigas. Como não morávamos na mesma cidade, só nos encontrávamos no ano seguinte. Eu ficava animada e ansiosa nesse meio-tempo. Mas nunca as reencontrava da mesma forma. As meninas se mostravam distantes, metidas, como se nunca tivéssemos feito amizade. Aquilo me afetava muito, porque eu apostava tudo naqueles reencontros. Fiz um movimento meio brusco e alguns peões caíram do tabuleiro. Fui até o quarto para vestir minha roupa, a camiseta da Hello Kitty, a calça xadrez bem passada e a pantufa de pelo sintético. Enquanto isso ouvia Pierre resmungando da sala.

Jean-Lino voltou e tocou nossa campainha, com seu séquito. Pierre abriu a porta, com sua samba-canção rosa-claro. Apareci com meu traje. Fomos até a sala. Jean-Lino voltou a se sentar na cadeira de palha. Sentado mais alto do que nós, como da última vez, quase tão frio quanto, mas agora penteado decentemente, sem o tique da boca. Combinando com a sala impecável. Abrimos o conhaque. Bebemos dos copos vazios. Desligamos o abajur. Acendi a luz do teto, apaguei a luz do teto, acendi a luminária de chão. Arrumei coisas que já estavam arrumadas. Trouxe meu adorado aspirador, o Rowenta. Pierre o pegou. Foi atacar Jean-Lino com ele. Jean-Lino apanhou com tranquilidade. Quanto mais o juiz se esforçava para pôr ordem no mundo, mais as coisas pareciam assumir uma loucura furiosa. Nosso pequeno cortejo foi para a escada de serviço num silêncio abafado. Pierre à frente, numa lentidão secretamente destinada a conter meu zelo colaboracionista. A foto foi feita na curva da escada, a partir do hall dos Manoscrivi. Haviam retirado os lacres. Entramos no apartamento, onde dez pessoas nos esperavam, numa semiescuridão. Fomos até o quarto. Pela porta entreaberta, vi os pés de Lydie com o escarpim de tiras vermelhas. Ao entrar no quarto, tive um choque. Lydie jazia debaixo de Nina Simone. Não tinha um fio de cabelo, seu rosto era disforme e sem pelos. Um manequim horroroso, vestido com a saia de babados e o sapato Gigi Dool. Podem nos mostrar, disse o juiz, como se certificaram de que a sra. Gumbiner estava mesmo morta? Pierre lhe tomou o pulso. Já eu fiquei mexendo nas pernas, como tinha declarado em meus depoimentos. O contato foi desagradável, uma espuma fria e densa. Amarrei o lenço nela, um outro, que estava na mesma gaveta. Quando apertei o nó, a cabeça se contraiu. Foto número catorze: *A sra. Jauze aperta o lenço enquanto o sr. Manoscrivi fecha a boca da sra. Gumbiner*. Jean-Lino fazia os gestos sem a menor vontade de executá-los bem. Parecia que desprezava a boneca. Achei estranho rever o penico, a coruja de estanho, o pêndulo e até Nina Simone com seu vestido de tramas. Eram coisas do *passado*. Eu sabia que estava vendo tudo aquilo pela última vez. Sr. Jauze, poderia nos dizer exatamente onde o senhor estava quando pediu que o sr. Manoscrivi chamasse a polícia? Pierre deu um pequeno giro em torno de si mesmo, com sua cuequinha folgada e o mocassim, e disse, aqui. Quais foram suas últimas palavras antes de sair do apartamento?

— Não me lembro — disse Pierre.

— E o senhor, o senhor se lembra? — perguntou para Jean-Lino.

— Não...

— Sra. Jauze...? A senhora disse que seu marido aconselhou o sr. Manoscrivi a chamar logo a polícia.

— Sim, foi isso.

— Podem nos mostrar como é que saíram do apartamento do sr. Manoscrivi?

Pierre e eu saímos do quarto. O juiz nos parou em frente ao banheiro. Vocês saíram com essa calma toda? A senhora disse que seu marido tinha apertado um pouco sua mão para saírem do apartamento.

— É verdade.

— Podem nos mostrar?

Voltamos para o quarto. Pierre agarrou meu pulso com seus dedos de aço e me arrastou para o corredor. Me deixei levar, abandonando Jean-Lino contra um fundo de cortina florida, em pé ao lado da poltrona de veludo amarelo.

Todos quiseram espiar pelo olho mágico. O juiz, o encarregado da investigação, o advogado de Jean-Lino e o advogado da vítima. Todos eles, imbuídos da gravidade necessária, puderam constatar que dava para ver o botão do elevador piscar. O saguão estava pronto para a nossa chegada. A escrivã tinha se colocado junto à parede, perto da lixeira, com sua mesa dobrável e o computador. A vizinha do segundo andar aguardava perto da porta de vidro, mascando um chiclete. Jean-Lino esperava em frente ao elevador. Tinham feito ele botar de novo o chapéu, a jaqueta da Zara e as luvas de pele de carneiro. O casaco verde pendia dos dois lados de seu braço dobrado, enquanto ele segurava desajeitadamente a bolsa de Lydie pela alça. Quando o juiz solicitou, ele abriu a porta do elevador e puxou a mala. Me pareceu menos protuberante do que quando Lydie estava lá dentro. O manequim devia ser mais maleável, uma sorte para Jean-Lino, que precisou fazer sozinho a operação de metê-lo ali dentro. Foi isso que a senhora viu quando chegou ao pé da escada?, me perguntou o juiz.

— Foi.

— Não foi o que a senhora declarou. No registro D111, a senhora disse que o casaco da sra. Gumbiner estava em cima da mala...

— Ah, sim. Pode ser.

— Afinal, onde estava o casaco?

— Em cima da mala.

— Confirma a informação, sr. Manoscrivi?

— Sim.

— Pode nos mostrar como o casaco estava apoiado na mala?

Jean-Lino pôs o casaco sobre a mala. Confirmei que estava certo. O juiz pediu que fosse consignado nos autos e ordenou que fizessem a foto. Sr. Manoscrivi, pode nos lembrar o que a sra. Jauze disse quando o viu?

— Ela me perguntou o que é que tinha dentro da mala.

— E o que o senhor respondeu?

— Não respondi. Apenas fui até a porta.

— Pode nos lembrar como a sra. Jauze o interceptou?

— Ela pegou a bolsa e o casaco.

— Sra. Jauze, pode nos mostrar como pegou a bolsa e o casaco?

Apanhei o casaco e a bolsa, que ele continuava segurando no alto, com o braço dobrado. Finalmente olhamos um para o outro. Lembrei do que amava naqueles olhos. Por trás

168

da tristeza que fosse, a chama da malícia. Foto número 32: *Sr. Manoscrivi olhando Elisabeth Jauze apanhar o casaco e a bolsa.*

Quando o furgão arrancou, Jean-Lino colou a cara na janela. Tinha sido algemado de novo. Inclinou-se para a frente, como se fosse fazer um sinal para mim. Eu estava do lado de fora da porta de vidro, com minha pantufa, e fiquei acenando com o braço até o carro contornar o prédio da frente. Ainda permaneci uns instantes lá fora quando todo mundo já tinha ido embora. O estacionamento estava vazio. Era uma bela noite estrelada em Deuil-l'Alouette. Antes de desaparecer, o veículo tinha dado meia-volta entre os carros estacionados, para seguir no sentido contrário. Jean-Lino ainda estava virado para mim, mas a noite e a distância me impediram de distinguir seu rosto. Via apenas o contorno preto do chapéu, aquele acessório fora de moda que o havia singularizado e agora parecia lançá-lo no anonimato dos homens. A história se escrevia acima de nossa cabeça. Não podíamos impedir os acontecimentos. Quem havia acabado de passar era Jean-Lino Manoscrivi, e ao mesmo tempo era um homem qualquer aquele ali dentro do carro. Recordei a sensação de pertencimento a um todo obscuro que Jean-Lino experimentava no pátio da avenida Parmentier quando seu pai lia o salmo em voz alta. Olhei para o céu e para os que estavam lá. Depois subi sozinha pela escada de serviço.

Das Andere
últimos volumes publicados

23. Ilaria Gaspari
Lições de felicidade
24. Elisa Shua Dusapin
Inverno em Sokcho
25. Erika Fatland
Sovietistão
26. Danilo Kiš
Homo Poeticus
27. Yasmina Reza
O deus da carnificina
28. Davide Enia
Notas para um naufrágio
29. David Foster Wallace
Um antídoto contra
a solidão
30. Ginevra Lamberti
Por que começo do fim
31. Géraldine Schwarz
Os amnésicos
32. Massimo Recalcati
O complexo de Telêmaco
33. Wisława Szymborska
Correio literário
34. Francesca Mannocchi
Cada um carregue sua culpa
35. Emanuele Trevi
Duas vidas
36. Kim Thúy
Ru
37. Max Lobe
A Trindade Bantu
38. W. H. Auden
Aulas sobre Shakespeare
39. Aixa de la Cruz
Mudar de ideia
40. Natalia Ginzburg
Não me pergunte jamais
41. Jonas Hassen Khemiri
A cláusula do pai
42. Edna St. Vincent Millay
Poemas, solilóquios
e sonetos
43. Czesław Miłosz
Mente cativa
44. Alice Albinia
Impérios do Indo
45. Simona Vinci
O medo do medo
46. Krystyna Dąbrowska
Agência de viagens
47. Hisham Matar
O retorno
48. Yasmina Reza
Felizes os felizes
49. Valentina Maini
O emaranhado
50. Teresa Ciabatti
A mais amada
51. Elisabeth Åsbrink
1947
52. Paolo Milone
A arte de amarrar as pessoas
53. Fleur Jaeggy
Os suaves anos do castigo
54. Roberto Calasso
Bobi
55. Yasmina Reza
«Arte»
56. Yasmina Reza
Babilônia

Julho
2025
Belo Horizonte
Veneza
São Paulo
Balerna